幻の屋敷

マージェリー・アリンガム

ロンドンの社交クラブで起きた絞殺事件。証言から考えるに，犯人は“見えないドア”を使って現場に出入りしたとしか思えないのだが……。名高い「見えないドア」を始めとして，留守宅にあらわれた謎の手紙が巻き起こす大騒動を描く表題作や，だめなレストランの料理やサービスを一変させる不思議な帽子の小物の謎「魔法の帽子」，警察署を訪れた礼儀正しく理性的に見える老人が，突拍子もない証言をはじめる「奇人横丁の怪事件」など，本邦初訳作を含む，読みはじめたら止まらない愉快な日本オリジナル短編集。

幻の屋敷

キャンピオン氏の事件簿II

マージェリー・アリンガム
猪 俣 美 江 子 訳

創元推理文庫

SAFE AS HOUSES
AND OTHER STORIES

by

Margery Allingham

目次

幻の屋敷

キャンピオン氏の事件簿Ⅱ

綴《つづ》られた名前

The Case of the Name on the Wrapper

世間には、凍《い》てつくような冬の午前三時にも、周囲の諸事への興味を失わない人間がいる。アルバート・キャンピオン氏もそんな――ときには鬱陶《うっとう》しいが、有用ではある――人種の一人だった。それゆえこの朝、路傍の草むらにひっくり返った薄暗い無人の車を目にするや、彼は自分の車をとめて、無数のダイヤモンドのように霜のきらめく路上に降りたったのである。

黒っぽい外套《がいとう》に包まれた細身の姿は、外套の上に小さな旅行用ひざ掛けがケープのように巻かれているせいで、上半身がふくれた、いささかアンバランスなものになっていた。この時代がかった装《よそお》いは、自《みずか》ら考えついたものではない。彼はラヴァロック家の晩餐に呼ばれてきたのだが、そこの老夫人はたいそう頑固なうえに、咽頭炎《いんとうえん》を異常に恐れていることでも有名なのだ。夜も更けたころ、キャンピオンが彼女の夫のくり出すブランディと懐旧談をようやくふり切ったとき、ピンクの部屋着に身を包んだ老夫人がこのひざ掛けを手に、ジェームズ一世朝《ジャコビアン》様式の階段のてっぺんに姿をあらわした。

「これを首に巻かないかぎり、あなたを屋敷の外には出しません」

その一言は、かつて彼女の夫が裁判官席から発したいかなる宣告よりも権威に満ちていた。そこでキャンピオンは分厚い毛布を首に巻き、その上にあぶなっかしくシルクハットを乗せて、夜の闇の中をピカデリーへの五十マイルの帰途についたのだ。

幾重《いくえ》にも襞《ひだ》が寄って鼻まで達した毛布が邪魔になり、足元の地面が見えなかった彼は、そこに落ちていた指輪を蹴飛ばした。それが月光に照らされた路面をコロコロころがりはじめると、淡い光の中できらめく色彩に気づいてあとを追った。ほどなく手中におさまった指輪は、ついぞお目にかかったことがないほど冴えないしろものだった。ぼってりした金のリングに色とりどりの石がぐるりと嵌《は》め込まれている。たしかに非凡ではあるが、とくに美しくも高価でもない指輪だ。なかば上の空でそれを外套のポケットに突っ込むと、彼は乗り捨てられた車の調査を再開した。

行方をくらましたドライバーはこの惨事が起きたとき、酔っ払っていたか、おつむに異常をきたしていたかのどちらかだろう。そう結論を下したまさにそのとき、背後でぱりぱりと霜を砕く自転車の車輪の音がした。すばやくふり向いたキャンピオンのまえに、もう一人のケープをまとった男があらわれ、よろめきながらおっかなびっくり自転車をとめた。

「さあさあ、抵抗しても無駄だぞ。こっちは一人じゃないし、どのみち、とうていかなう相手じゃないんだからな」

そのふたつの真っ赤な嘘を告げた男の声は、いかにも素朴で田舎者じみていた。無理からぬことながら、緊張のあまり奇妙に上ずっている。おかげでキャンピオンはすっかり愉快になったが、あいにく彼の人なつこい笑みは、ぐるぐる巻きの毛布に隠されていた。田舎者の警官は、武器でも握りしめるように自転車のハンドルをつかんで身がまえた。

「おまえを逮捕する！」と最後通牒を発した東南部訛《なま》りの叫びは、いささか不可解な勝ち誇った響きに満ちていた。「その覆面を取れ」

「何を取れって？」ぎょっとして尋ねた言葉が襞の中に消えてゆくのに気づき、キャンピオンは毛布をあごの下へ引きずりおろした。

「それでよし」被疑者がきわめて従順なのを見て、巡査は自信を取りもどしたようだった。「で、いったい何をやらかしとったんだ？　正直に答えろ。そのほうが身のためだぞ」

「ねえ、きみ」キャンピオンは寛大な口調で言った。「それはまったく馬鹿げた言いがかりだし、ぼくならその自転車をもっとしっかり押さえておくよ。でないと、後輪が脚に引っかかって転んでしまうぞ」

「おいこら、憎まれ口をたたくのはやめてもらおうか」警官はふたたび動揺の色を示しながらも、急いで自転車をまっすぐ立てなおした。「どうやら署へ連行して警部殿に会わせるしかなさそうだ」

キャンピオンは驚きをあらわにしはじめた。それも当然で、田舎のパトロール警官は普通、夜間に獲物をあさったりはしないものなのだ。

「なあ、いいかい」キャンピオンは辛抱強く言った。「この見るも哀れな残骸は、ぼくの車じゃないんだよ」

「ああ、わかってる」巡査の声がまたもや勝ち誇った響きを帯び、「さっきここに着くなり、ナンバーを確認しておいた」

「それほど注意深く目を光らせているのなら」キャンピオンは礼儀正しく続けた。「あれにも気づいているかと尋ねるのは、失礼というものかな？」

そう言いながらさっとふり向き、通りの数ヤードほど先に銀色の亡霊のようにたたずむ自分の車をさし示す。

「えっ？」警官はあきらかに泡を食っていた。「ああ、それじゃあれに車をぶつけたのか。被害者はどこだ？」

キャンピオンはため息をつき、じっくり腰をすえて説得しにかかった。通りの先のあの車が自分のものであり、免許はきちんとそろっているし、しかるべき多額の保険もかけてある。そう告げたうえで、自分の氏名と住所、ラヴァロック大佐の氏名と住所、さらには大佐の屋敷をあとにした時刻を言い添えた。念には念を入れ、〈車と横転事故の原因〉についての短い講義をし、目のまえの事例についても特別に触れたあと、キャンピオンはようやく自分の車へと導かれ、その場を立ち去ることをしぶしぶ許可された。

「やっぱり、警部殿に会わせたほうがよさそうな気もするがねえ」巡査は未練がましく、助手席の窓から首を突っ込んで言った。「覆面なんかしてたのは怪しいぞ。その点は報告するしかなさそうだ。そいつは喉を守るために巻かれたのかもしれないが、そうじゃない可能性もあるからな」

「きみのそのケープだって、上までボタンをとめてあるのは防寒のためかもしれないし、たんに制服の襟元をゆるめてるのをごまかすためかもしれないさ」キャンピオンは切り返し、クラッチを入れて走り去った――ついに本物の透視能力の持ち主と出くわしたのだと信じ込み、度肝《どぎも》を抜かれている男をあとに残して。

迂回路《バイパス》でキャンピオンは検問に遭い、またもや免許について問いただされた。盗難車を捜し出そうと躍起になっている警官たちにさんざん引きとめられたあと、彼は横転した車の件にはいっさい触れぬまま、無事にボトル通りのフラットにもどって寝床に就いた。例の興奮しやすい巡査との馬鹿げた一幕のせいで、拾った指輪のことはきれいさっぱり忘れ、翌朝、朝食のテーブルに置かれているのを目にするまでは思い出しもしなかった。

主人の外套のポケットに指輪を見つけた従僕が、よくある最悪の事態を想像し、いかにも同情するかのようにそこに置いたのだ。気配り満点とは言いかねるやり方だ。前夜に求愛を拒まれた男が、朝いちばんに相手の女性を偲《しの》びたがるとでも思ったのだろうか。

キャンピオンはしぶしぶ《タイムズ》紙をわきにどけて指輪を取りあげた。朝の光に照らされたそれは、月光のもとで見たときよりもさらに魅力を欠いていた。婦人用のサイズで、五、六十年ぶりに復活した重苦しいバロック様式のものだ。周囲にぐるりと嵌め込まれた石の一部はとても上質なのに、ほかのいくつかはそうでもない。しげしげ見つめるうちに、キャンピオンの眉がつりあがった。

芸術品というより珍品としての面白さに惹かれ、彼がまだその指輪に見入っているとき、スコットランド・ヤードから旧友のスタニスラウス・オーツ警視が電話をかけてきた。何やらひどく面白がっているようだ。

「昨夜は、お忍びで田舎を走りまわってたらしいじゃないか」警視は上機嫌で言った。「ちょっとここへおしゃべりでもしにきたくないかね?」

「いや、べつに。なぜですか?」

「今朝がた電話で報告を受けた件について、説明が聞きたいんだよ。コウンウィッチの警察署から、たいそう興味深いささやかな事件について知らせが入ったのでね。ちょうど今、メモに目を通してるところだ。半時間後には来てもらえるだろうな」

「いいでしょう」キャンピオンは気乗りのしない口調で言った。「例の覆面をしていきましょうか?」

「そうしたければ、ズダ袋でもかぶってきたまえ」警視は遠慮なくけしかけた。「喉にしっかり何か巻きつけて。使い古しのソックスがいちばんだって話だぞ。つま先の部分を喉仏に当てて……」

キャンピオンは電話を切った。

彼は半時間後に警視のオフィスに顔を出し、愛想よく優雅に来客用の椅子に腰をおろした。

オーツは秘書を下がらせ、デスクの上に身を乗り出した。キャンピオンの姿を見るや、いつもは陰気な青白い顔をぱっと輝かせ、今では満足げなにやにや笑いを隠すのにいささか苦労しているようだ。

「夜中の三時にシルクハットを目深《まぶか》にかぶり、首にぐるぐる毛布を巻きつけて田舎道を走りまわるとは」警視は言った。「きみはよほど酔っていたとみえるな。だがまあ、それを追及する気はない。大目に見てやろう。で、例の件について何を知っているんだ？」

「ぼくは潔白ですよ」訪問者はきっぱりと言った。「何か知らないけれど、ぼくがやったんじゃありません。昨夜は子供のいない裕福な名付け親の家へ食事をしにいったんです。こんな話をするのは、あなたみたいに欲得ずくの人間には、しらふの男がたかが食事のために、東南部の荒れ地へ五十マイルも車を飛ばしていくとは信じられないかもしれないからですけどね。先方の家を出るとき、自分が子供時代に扁桃腺炎《へんとうせんえん》になったのを忘れられない高齢の奥さんが、小さなひざ掛けを貸してくれました。ぼくには不似合いな、少々どぎついタータンチェックの、六十インチ四方の毛布です。本人に問い合わせれば確認できるはずだけど、彼女はそれをぼくの首に巻きつけ、うしろを安全ピンでしっかり留めつけた。そのあと帰路についたこちらは、ひどく興味をそそる横転した車を見かけ、どういうことか調べていると、警官の服装をした大きな赤ら顔のとんまに逮捕されそうになったんです。それがぼくの言い分で、ぜったい変えるつもりはありません」

「じゃあ、あの犯罪については何も知らないのか?」警視は落胆しながらも、涼しい顔で応じた。「ならば話してやろう。あんがい、きみが役に立たんともかぎらんからな」

「何度かそんなことがありましたよね」キャンピオンはぶつぶつ言った。

「窃盗事件だよ」オーツはかまわず先を続けた。「まとめてごっそりやられちまったのさ。被害は専門家が算定してるところだが、大まかに言って、ざっと二万ポンド相当の宝飾品と小箱だ」

「小箱?」

「嗅ぎ煙草やら付けぼくろやらを入れる、ダイヤなんかがついたエナメル製の小箱だよ」蔑《さげす》むようなオーツの口調に、キャンピオンは声をあげて笑った。

「被害者はろくでもない洒落者《しゃれ》ばかりってわけですか？」

「いや、そっちは骨董品のコレクションなんだ」真顔で答えたオーツが顔をあげると、キャンピオンはにやにや笑いを浮かべていた。「おい、今日はやけに浮かれてるじゃないか」オーツは抗議した。「どうしたんだ？　夜遊びの影響かね？　いいか、坊ちゃん、よく聞けよ。きみは単独、あるいは複数の窃盗犯が乗っていたとおぼしき車の残骸を嗅ぎまわっているところを発見されたんだ。せめて何かの役に立とうとするのが筋だろう。昨夜は、きみの名付け親の家から五マイルほど離れた〈聖ビート修道院屋敷〉でちょっとしたパーティが開かれた。けっこうな規模の催しで、広さも形も大英博物館なみだとかいうその屋敷は、人波であふれ返っていたらしい」

キャンピオンは警視をまじまじと見つめ、穏やかに口をはさんだ。

「それはアレンボロー御大《おんたい》の私邸で開かれた〈狩猟愛好家舞踏会《ハント・ボール》〉の話ですよね？」

「じゃあ、やっぱりそのことは知ってるんだな？」

「窃盗事件については知らないけれど、舞踏会のことなら知ってます。毎年恒例の催しなんですよ。ポーキー・アレンボローの舞踏会はロンドン市長の就任式みたいに、ほとんど伝統行事になってるんです――考えてみれば、人気のほども似たり寄ったりだ。ぼくも若いころはいつも参加してました」

オーツは鼻を鳴らした。

「まあ、それはいいとして、昨夜は五百人近い客が集まっていたらしい。屋敷内のそこらじゅうに人があふれ、たえず車が出入りしていた。まさに本物のパーティだったと、地元の警視は言っている。とにかくこちらにわかってるのは、ようやくいくらか人出が薄れた午前二時ごろ、令夫人が自室にあがってみると宝石類が消えていたということだ。となりの私室に置かれたガラス張りの戸棚からも、名高い骨董品のコレクションがごっそり盗まれていた。

使用人たちはむろん、残らず階下のお楽しみに注意を奪われて、何ひとつ目にしていなかった。地元の警察はプロのしわざとみなし、周囲の全域に非常線を張りめぐらせた。どこかの悪党がお祭り騒ぎにまぎれて、お決まりの方法で屋敷に侵入したものと考えたのさ。ところが、ごく迅速に対処したにもかかわらず、プロの犯罪者は一人もつかまらなかった。じっさい、朝までにあらわれた唯一の疑わしい人物は、シルクハットをかぶって格子柄の毛布を巻きつけた若い――」

「あの横転した車はどうなんです?」訪問者はさえぎった。

「それをこれから話すところだ」オーツはぴしゃりと言った。「まあ、待ちたまえ。その車は例の舞踏会に出て遅くまで残っていた、人品卑《いや》しからぬ夫婦のものだった。

ちょうど彼らが帰ろうとしたときに警報が伝わり、車を奪われたことがわかったんだよ。駐車係をしていた庭師たちはその車が走り去ったのを憶えてなかったが、たしかに彼らの言うとおり、夜通し車が出入りしていた。多くの人々が車内で一服するために、パーティの途中でちょっとそこらをドライブしたりしてたのさ。つまりは、正真正銘の混乱状態だったようでね。電話をよこした警視の見るところ、屋敷内の男の使用人たちはみな夜っぴて、殿様気分で酒をあおっていたらしい」

「本物の殿様方も、こぞってへべれけだったんでしょう」キャンピオンが陽気に言い添えた。「ありそうなことですよ。何だか、禁酒の美徳が叫ばれるまえの古き良き時代の話みたいだ。なるほど。それじゃ、あの車は窃盗犯が失敬して逃走に使ったと考えられてるわけですね？　その人物は、行きは何に乗ってきたんでしょう？　象の背中につけた輿《こし》ですか？」

オーツは椅子の背にもたれてあごをさすった。

「ああ。問題はそこだ。警察は少々、むずかしい立場になっているのさ。令夫人は大事なお宝を取りもどせと泣きわめいているが、そのくせ彼女も夫も、客の一人の犯行かもしれないとはいっさい認めそうにないんだよ。昨夜もそれでたいそう手こずったそうでね。盗難の発覚後に帰った客には厳しく注意が払われたものの、むろん身体検査をされた者はない」

キャンピオンはしばし無言で考え込んだあと、

「あの手の催しはグループで参加するんです」と切り出した。「狩猟愛好家の舞踏会には仲間連れで行くものなんですよ。この場合はポーキーと奥さんが百人かそこらの知人を招き、それぞれに仲間を誘うように言うわけだけど。ごく普通の狩猟会主催のパーティじゃなく、私的な催しですからね。アレンボローが〈ウィッパーズフィールド狩猟愛好家舞踏会〉と呼んでいるのは、赤い狩猟服姿の客がちらほらいるのを見たいからです。彼は猟犬管理者だから好きなことができるし、あそこの会員はみんな裕福なんですよ。ええ、悩ましいのはわかります。アレンボロー御大の友人たちを残らず訪ね歩いて、『失礼ながら、貴殿が二十三日の舞踏会に同行されたお仲間の中にプロの宝石泥棒がいましたか』なんて尋ねなくちゃならないとしたら、地元の警視を羨む気にはなれないな」

「たしかに。つまりはそういうことだ」オーツは憂鬱《ゆううつ》げに言った。「何か名案はあるかね？　きみはうちの社交界専門のアドバイザーなんだぞ」

「そうなんですか？　ならば専門家として助言させてもらうと、そんな聞き込みをしようものなら、地元の警察長と有力な日刊紙への投書が相次ぐことになりますよ。今回の件がプロのしわざだというのはたしかなんですか?」

「ああ。宝石類が保管されていた作りつけの金庫はみごとにこじ開けられ、陳列棚の扉も手際よく開かれていた。それに指紋はいっさい残されていない」

「犯行を誇示するトレードマークも?」

「ああ、プロにとってはわけもない仕事だったろうからな。世間をあっと言わせるたぐいのものじゃない。ただ、素人にしては要領がよすぎるというだけだ。むろん、疑わしいやつを片っ端から調べあげてはいるが、膨大な候補者を選別してたら、その間《かん》にまんまとブツを処分されてしまいかねん」

キャンピオンは立ちあがり、

「大いに同情しますよ。あなたがよく〝ちょろい仕事〟とか呼んでるケースじゃなさそうですね。まあ少しそこらを探ってみて、何か妙案がひらめいたら知らせます。ところで、これをどう思います?」

彼は部屋を横切り、色とりどりの石が嵌まった指輪を警視のデスクに置いた。

「あまり感心できんな」オーツは指輪をうさん臭そうに、人差し指でつついてころがした。「どこで手に入れた?」

「通りで拾ったんですよ」キャンピオンはありのままに答えた。「警察に届けるべきなんでしょうけど、どうもその気になれなくて。自分で持ち主に返したいんです」

「だったら、そいつは好きなようにして――」オーッは苛立《いらだ》ちをのぞかせた。「もっと重要な宝石類に注意を集中してもらおう。今やスコットランド・ヤードが捜査を引き継いだからには、費用は首都圏の予算でまかなわれるんだぞ。忘れるな」

キャンピオンはまだ、じっと指輪を見つめていた。

「とにかく、これはちゃんとあなたに見せましたよ」と念を押し、ぶらぶらドアへと進みはじめた。

「つまらんことで時間を無駄にするな」オーッが背後から叫んだ。「その指輪はきみがくすねてもかまわんぞ。誰かに訊かれたら、わたしが許可したと言ってやれ」

傍目《はため》には、キャンピオンは警視の最後の言葉を真に受けたように見えたろう。彼は指輪を注意深くチョッキのポケットにもどし、いちばん近い電話ボックスに入ると、社交界の噂話なら何でも知っているレディ・ララダインに電話した。まるまる二分間、彼のありとあらゆる親族の消息を尋ねる相手の言葉に耳をかたむけたあと、やおら、目当ての質問を口にした。

「ところで、ジーナ・グレイって誰でしたっけ？　聞き覚えのある名前なのに、どうも思い出せなくて。グレイ。綴りにAが入るほうのグレイです」

「あらま！　すてき！　あなたにぴったりの娘さんよ。いえ、そうでもないかしら。たった今思い出したけど、あの子は婚約したんだったわ。先月、発表されたのよ。でも、とてもチャーミングな娘さんでね」ロンドンのいかなる劇場の初日の賑わいをも凌駕《りょうが》しそうな大声で老夫人ががなりたて、キャンピオンは二ペンス硬貨をもう一枚出そうとポケットをまさぐった。

「知ってます」彼は叫んだ。「彼女が愛らしいことはわかってる、というか、少なくとも想像がつきました。でも彼女はいったい誰なんですか？　それに……そうだ、今はどこにいるのかな？」

「えっ？　ああ、ジーナのいるところ？　そりゃあ、叔母さんの家だわよ。この冬はずっとあそこですごす予定なの。あの子はまだまだ若いわ、アルバート。中部地方から出てきたばかりでね。たしか父親はウェールズの連山か、何かそれと同じぐらいロマンティックなものを所有してるのよ」

「誰の家ですか？」キャンピオンは負けじと声を張りあげた。「ねえ、蓄音機さん、その叔母さんていうのは誰なんです？」

「わたしのことを何と呼んだの、アルバート？」かの有名な声が不気味に低まった。

「〝蓄音機《グラモフォン》〟です」最悪の場合には、事実を述べるのがいちばんだと確信しているキャンピオンは答えた。

「あら、てっきり……まあいいわ」数人の孫を持つ〝おばあちゃん《グランマ》〟でありながら、新たな孫ができるたびにそれを個人的侮辱とみなしているレディ・ララダインは態度をやわらげた。「たしかに、わたしはすごい早口ですものね、とりわけ電話だと。何だか浮かれ気分になっちゃうの。で、その叔母さんは誰かを知りたいの？　そりゃあ、ドーラ・キャリントンだわよ。あなたも知っているでしょ」

「知ってます」キャンピオンはほっとしながら答えた。「彼女に姪がいるとは思わなかったけど」

「あら、いるのよ。親元から巣立ったばかりのその姪っ子が。社交界には去年デビューしたんですけどね。感じのいい、可愛らしい子よ。婚約してるなんて、ほんとに残念。ところで、ウィヴンホーの息子について何か聞いていて？　何も？　それじゃ、プリチャード夫妻については？」

老夫人は退屈しきっている者ならではの尽きせぬエネルギーでしゃべり続け、とうとうキャンピオンの小銭が底をつくまで、その独白がやむことはなかった。

おかげで、ドーラ・キャリントンがロンドンでの住まいにしているラウンデズ広場の瀟洒《しょうしゃ》な屋敷にキャンピオンが着いたときには、すでに昼近くになっていた。

その後も、ジーナ・グレイ嬢が面会に応じるまでにはかなりの間《ま》があった。おそらく古参の執事のポラードが、キャンピオン氏は決して怪しい者ではないと説得に励んでいたのだろう。


ようやく居間にあらわれたジーナ・グレイは、おおむね想像どおりのうら若い娘だった。何やらビクつき、率直そうな目にみじめな表情を浮かべている。ただし髪は、彼がなぜか期待していたなめらかなブロンドではなく、黒っぽい巻き毛だ。

キャンピオンは遠慮がちに切り出した。

「こんなふうにとつぜん押しかけるのは怪しげだろうけど、許してくださいね。ぼくのことは、長らく音信不通だった年上の親戚とでも考えてくれればいいんじゃないのかな。じっさい、ドーラがタビーのかわりにぼくと結婚する気になってれば、ぼくはきみの叔父さんだったかもしれないんだし。といっても、もちろん当時は彼女もぼくも、そんなことは考えてもみなかったんだから、妙な想像はしないようにね。ぼくはただ、きみの叔父さんになってた可能性もあるほど信頼できる男だと言ってるだけなんだよ」

言葉を切って様子を窺うと、ジーナの両目から警戒の色が消えていた。彼女はいくらか面白がっているようにすら見えたので、キャンピオンはほっとした。ちょっとした馬鹿話は効果的なものだが、三十五歳を超えた今では、むやみに使わないことにしているのだ。

「ようこそお越しくださいました」彼女は小声で礼儀正しく言った。「何かお力になれることでも？」

「いや、とくには。きみが失くしたらしいものを返しにきただけなんだ」彼はポケットを探って指輪を取り出し、穏やかに言った。「ほら、これはきみのものじゃないかな？」

何らかの手応えは期待していたものの、これほど激しい反応があろうとは考えてもみなかった。ジーナは身をわななかせ、みるみるうちに顔面蒼白になったのだ。

「どこでそれを？」とささやくように言ったあと、彼女はけなげにも、必死に気を取りなおしてかぶりをふった。「それはわたしのものじゃありません。見たこともない指輪だわ。あなたのことも知らないし——知りたくもありません。もうお帰りになってください」

「おやおや、ジーナ・グレイ！」とキャンピオン。「ジーナ・グレイ、馬鹿なことは言わないで。ぼくは心優しい、昔ながらの紳士なんだぞ。わかりきったことを否定したりはしないほうがいい」

「でもわたしのものじゃありません」恐ろしいことに、娘の両目に涙があふれ出た。「わたしの指輪じゃない。ちがいます。そうじゃないんです。もう帰って」

彼女はくるりと背を向けてドアへと駆け出した。茶色いスーツに包まれたその華奢《きゃしゃ》な姿は、やけに小さく、はかなげだった。

さて、次はどうすべきかとキャンピオンが考えあぐねていると、華麗な狐の毛皮と笑みをまとったドーラが室内にあらわれた。

「いやだわ！　あなたったら、何年間も顔を見せずにいたくせに、よりにもよって、こちらが十五分後にはランチに出かけるときにひょっこり訪ねてくるなんて。いったいどこに行ってたの？」

「あちこちさ」キャンピオンは正直に答えた。いちばん大事な旧友たちにかぎって、なかなか訪ねる暇がないとは困ったものだと考えながら。

二人でカクテルをかたむけながら思い出話に花を咲かせているうちに、ドーラのランチのお相手がやってきた。結局、屋敷の女主人を見送るはめになったキャンピオンは一人わびしく歩道に立ち、遠ざかる車に向かって手をふった。そのとき、彼が今しがたおりた石段を力なくおりてくる、見憶えのある姿が目に入った。

「ジョナサン！」キャンピオンは呼びかけた。「こんなところで何をしてるんだ？」

ジョナサン・ピーターズは夢中歩行でも見とがめられたようにびくりとしたあと、ふさぎ込んだ若々しい顔にかすかな笑みを浮かべた。

「やあ、キャンピオン。あなただとは気づかなかったな。ここの居間で待ちぼうけを食らってたんですよ。くそっ！　一杯やりにいきましょう」

しばし形ばかりの押し問答をしたあと、彼らはなじみの社交クラブ〈ジュニア・グレイズ〉へと向かった。そこのラウンジに腰を落ち着けると、人並みにわれこそは最高の聞き上手と自負しているキャンピオンは、悩みをそっくりぶちまけるように若い知人を説き伏せた。

ジョナサンは、キャンピオンと同じくケンブリッジ大の出であるピーターズ兄弟の弟のほうで、常ならば、十歳の年齢差が乗り越えがたい壁となっていただろう。だが今のジョナサンは悲嘆にわれを忘れていた。

「ジーナのことなんです。ほら、ぼくたち婚約してるんですよ」

「本当かい？」キャンピオンはがぜん興味をそそられた。「で、どうしたっていうんだ？」

「ああ、結局はまるくおさまるんでしょうけど」若者はいささか心もとない、悩ましげな口調になった。「彼女が目をさませばね。とにかく、そうなることを願ってます。まったくいやになっちゃうな。ひどい目に遭わされたのはこっちのほうなのに、こんなふうに、何もかも自分のせいみたいにおろおろしてるんだから」ジョナサンは人生全般、とりわけ愛というものの不条理に眉をひそめてかぶりをふった。

「きみたちはたぶん、昨夜はポーキー・アレンボローのパーティに参加したんだろうね？」さりげなく尋ねてみると、あんのじょうだった。

「ええ、行きました、二人とも。あなたの姿は見かけなかったな。とにかくすごい人出で、あれやこれやがなければ、すごく愉快なお祭り騒ぎだったんですけどね。ぼくはほら、すっかりいやな気分になってたんです」若々しい顔に思いつめた表情を浮かべたジョナサンは、半パイントの極上のシャブリにうながされて一部始終を語りはじめた。

　そのいささか支離滅裂な話から察するかぎりでは、ことの次第は単純だった。田舎育ちのジーナ・グレイ嬢はロンドンの社交シーズンを楽しむいっぽうで、ときには戸外で思いきり身体を動かしたがり、月に五、六回ほどウィッパーズフィールドで狩猟を楽しむようになっていた。そのさい世話になるのは、ドーラ・キャリントンの夫の親族で、同地区に屋敷をかまえるその人物が、厩《うまや》に彼女の馬を置かせてくれている。ジーナはいつも朝早くに車で出かけ、ロンドンにもどるのは夜か翌日になってからだった。

昨夜はそうした日ごろの厚意に配慮して、ジーナはその庇護者の一行と舞踏会に行き、ジョナサンのほうはべつの屋敷から来るほかのグループに加わることにした。ただし二人のあいだでは、帰りはジョナサンが自分の車で彼女を送り、そのあと元の仲間と合流する約束になっていた。

「それが何だか妙なことになっちゃって」ジョナサンは腹立たしげに結んだ。「ジーナのグループはぼくの知りもしない連中ばかりで、その中に一人、新顔らしき男がいたんです。彼女はほとんど夜じゅうそいつと踊り、しまいには大佐の家まで送らせたんですよ。あの野郎め、彼女は自分が送るとかいう伝言までよこしやがった。こっちはさすがに腹にすえかねて、ぐでんぐでんに酔っ払ったんじゃないかと思うけど、とにかく今朝、あそこのタウンハウスに着いたときには、潔《いさぎよ》くすべてを許して忘れ去るつもりでいたんです。だのに、ジーナはぼくと会おうともしないんですからね」

「それは頭にくるだろう」キャンピオンは考え込むような目つきになった。「で、その出しゃばり野郎の正体はわかったのかい？」

　ジョナサンは肩をすくめた。

「名前は耳にしましたよ……ロバートソンとかいったかな。今季はちょくちょく狩猟に参加してたみたいで、ジーナのグループと一緒にやってきたんです。ぼくはそれしか知りません」

「どんな外見のやつだった？」

　ジョナサンは両目を細めて思い出そうとした。

「ちんけな醜男《ぶおとこ》ですよ」と、ややあって答え、「背丈は平均的なところかな。気に食わない面《つら》だったこと以外、あいつのことはろくに憶えてないんです」

　あまり参考になる説明ではなかったが、しょげ返ったジョナサンが午後の約束を守るべくぶらぶら歩み去ったあとも、キャンピオンは今の話について考え込んでいた。

　やがて、つと背筋をのばした彼の温厚そうな痩せた顔には、新たな表情が浮かんでいた。

「ロックスだ。ロックス・デンヴァー……」そうつぶやくと、キャンピオンはいちばん近くの電話へと向かった。

その夜の九時、意気揚々とオフィスに入ってきたオーツ警視は、帽子をデスクの上に放り投げると、かれこれ半時間近くも辛抱強く彼の帰りを待っていた、優雅なディナージャケット姿の訪問者に目を向けた。

「やつを挙げたぞ」と手短に言う。「うちの連中に尾行させたら、ローズベリー街のピーチー・デイルのクラブに入っていったんだ。それで決まりさ。ピーチーはろくでもない故買屋かもしれないが、今にして思えば、あんな嗅ぎ煙草入れを扱いそうなロンドン市内で唯一の業者だからな。あとはもう、こっちのものだった。やつが腰を落ち着けた頃合いを見はからい、五つの出入り口を残らず固めて踏み込んでやったのさ。あんのじょう、やつは手提《てさ》げかばんに詰め込んだブツを持ってたよ。痛快だったね。生まれてこのかた、あれほど仰天しきった男は見たことがない」

オーツはしばし言葉を切り、いつもは悲しげな顔にうっすら思い出し笑いを浮かべた。

「ちょっとした芸術だったよ、あの逮捕は。ちょっとした芸術だ」

「それはよかった」訪問者は椅子から腰をあげ、「じゃあ、ぼくは失礼するとしましょう」

「そうはいかんぞ、きみ」警視は断固として言った。「何の説明もなしに、こっちの鼻先で奇術をさせるわけにはいかん。そっくり話してもらおうか」

キャンピオンはため息をついた。

「やれやれ、熱血刑事さん、これ以上何をお望みなんですか？　目当ての男を捕らえ、盗品も押さえた。それで起訴するにはじゅうぶんなはずだし――ポーキーの祝福を得られること間違いなしです」

「たぶんな。だがこっちの体面はどうなる？」オーツは容赦なかった。「判事はこれで満足だとしても、わたしはちがうぞ。きみは何様のつもりだ、秘密厳守の内務省か？」

「とんでもない」キャンピオンは殊勝ぶって言ったあと、「あなたは恩知らずにも、そんないちゃもんをつけかねないとは思ってましたよ。それじゃ、説明だけはするとして、こちらの証人を法廷に出す気はありませんからね。いいですか？」

警視は片手をさし出した。

「首を賭けてやってもいい」誠意のこもった口ぶりだった。「本気だぞ」

経験上、これがオーツならではの神聖な誓いなのはわかっていたので、キャンピオンは手を打った。

「じゃあ二十分ください。彼女を連れてきます」

オーツはうめき、「またもや女か！」と叫んだ。「きみは女ばかり見つけてくるんだな。いいだろう、待ってるよ」

半時間あまりのち、キャンピオンの腕にすがってオフィスにあらわれたジーナ・グレイは、まさしく哀れをそそるありさまだった。おかげで、若さと美貌にあんがい弱いオーツは態度をやわらげそうだった。警視が例の慈愛に満ちた心をのぞかせるのを見て、キャンピオンは胸を撫でおろした。

「何も心配しなくていいからね」彼はかたわらの娘に言った。「きみの名前はいっさいおもてに出さないと保証しただろう。このしかつめらしい顔の人物は、ぼくにその約束を破らせようとしただけで、狩猟服みたいに真っ赤な血に染まるんだ。そういう天の定めなのさ。そうですよね、警視？」

オーツはうさん臭げに彼を見つめた。

「きみは無駄口をきけんように覆面でもつけてこい」と言ったあと、「で、これはどういうことなんだ？　いったい何が起きていたのかね？」

いくらかやんわりせっつく必要があったものの、キャンピオンの手慣れた扱いのおかげで、ジーナ・グレイは徐々に緊張を解き、十分後にはよどみなくことの顛末《てんまつ》を話しはじめていた。傷つけられた無垢な者ならではの、勢い込んだ口調で。

「わたしがトニー・ロバーツと名乗る——本名はロックス・デンヴァーだとかいう——男性に出会ったのは、あそこの狩場でのことです。わたしが行くときにはいつも来てるみたいで、狩場では誰もがそうするように、気軽に話しかけてきました。それで、とくに親しいわけじゃなかったけれど、彼がそばにいることに慣れてしまったんです。乗馬がすごくうまくて、何度かわたしが立ち往生しているときに助けてくれたし……。ほら、そういう知り合いっていますでしょ？」

オーツはうなずき、かぶりをふった。にっこり笑みを浮かべて。

「ああ、たしかに。そのあと何があったのかな？」

「何も」グレイ嬢は無邪気に答えた。「昨夜まで、何ひとつありませんでした。けれども昨夜、わたしがみんなと三、四台の車で修道院屋敷へ向かおうとしていると、滞在先のキャリントン少佐の屋敷へ彼が電話をよこしたんです。村の中で車が故障して置いてくるしかなかったので、ひどく厚かましいお願いだが、会場までそちらの誰かの車に乗せてもらえないかって。もちろん、少しもかまわないと答えました。そして完璧な狩猟服姿で決めた彼がとぼとぼ歩いてくるのを見つけると、車をとめて乗せてあげたんです」

オーツはキャンピオンに勝ち誇ったような目を向けた。

「じゃあ、やつはそうやってもぐり込んだわけだな？　なかなかやるじゃないか」それから、「なるほど、ミス・グレイ。そしてあんたはその後も、一緒にパーティに連れていった知人を一人で放っておく気になれなかった。そういうことかね？」

娘は顔を赤らめたが、黒っぽい目は率直そのものだった。

「だって、彼は何だかのけ者にされてるみたいだったし、ほんとにダンスが上手だったんです」彼女は弁解がましく認めた。「自分のことはあまり話さない人だったから、そのとき初めて、彼は近くに住んでるわけじゃなく、ほかのみんなとは親しくないことに気づいたんです。でも、あの――マナーは申し分ありませんでした」

オーツは声をあげて笑った。「ああ、ロッキーはえらく躾《しつけ》がいいからな。いわゆる、名門校の面汚《つらよご》しってやつだがね。それはともかく、そのあとは？」

ジーナはためらい、ちらりとキャンピオンに目を向けた。

「わたしはどうしようもない馬鹿でした」と小声で口にされた率直きわまる訴えかけに、警視は騎士道精神を揺さぶられずにはいられなかった。

「よくあることだよ、お嬢さん」オーツは思いやり深く言った。「誰しも、ときには判断を誤るものだ。あんたはしばらくその男を見失ったんじゃないのかな？」

「そうなんです。それで、少しほかの人たちと踊って彼のことを忘れかけていたとき、彼がレインコートを腕にかけて近づいてきました。そしてわたしをテラスに連れ出し、そのコートを肩にかけてくれて——あれこれ、他愛もないおしゃべりをはじめたんです。ずっと話し相手もなくぽつんとしていたとか、一人だけ知り合いを見つけたけれど、その男性《ひと》はどこかの女性とべったりだとか。で、その知人の車を借りてそこらをひとまわりしないかと言うので……もうかなり遅くなっていたし、どのみちジョナサンの態度には頭にきてたから、わたしは承知しました」

「どうしてジョナサンに腹を立てていたのかな？」キャンピオンが興味深げに尋ねると、ジーナはまっすぐ彼を見つめ返した。

「わたしたちが着いたとたんに焼きもちを焼いて、やけ酒をあおりはじめたんですもの」

「なるほど」キャンピオンは微笑んだ。これまで少々気になっていた、ジョナサン・ピーターズの柄にもない聖人じみた寛大さが、ようやく腑に落ちたのだ。

「そのあと……」オーツが話を本題にもどした。「……あんたがた二人は車で出かけ、しばらくそこらを走りまわったわけだな」

ジーナは深々と息を吸い込んだ。

「はい」としっかりした声で言い、「でも少し走っただけで、あまり遠くへは行きませんでした。その車は彼のものじゃなかったし、うまく動かなかったので。最初は問題なかったのに、小道の先でエンコしてしまったんです。彼は長いこと、あちこちいじくりまわしてました。猛烈に腹を立ててるみたいだったから、こちらは何だか――居心地が悪くなってしまって。それに寒くもなりました。あのレインコートは彼がわたしの肩から取りあげて、後部座席に投げ込んだままでした。で、それがずっしり重くて暖かかったのを思い出し、うしろを向いて取ろうとしたんです。ちょうどそのとき、彼がボンネットを閉めてもどってきて……いきなりコートをひったくってののしられたので、震えあがってしまいました。

どうにかパーティ会場に連れもどしてもらおうとしたけれど、彼はそのまま幹線道路へと小道を進み続けるばかり。じきに、オートバイに乗った三人の警官たちが猛スピードで屋敷のほうに走ってゆくのとすれ違うと、今度は狼狽《ろうばい》しきった様子で脇道にハンドルを切り、キャリントン少佐の屋敷のほうに向かいはじめたんです。車はしじゅうもたついてエンジンが妙な音をたてるし……どうすればいいのかわかりませんでした。ほんとに怖くて、騒ぎたてることもできなくて――だってほら、わたしは少佐のところでお世話になってたし、それに、ジョナサンとドーラ伯母さんのことも気がかりだったから——ああ、あなたならおわかりでしょう？」

「たぶんね」キャンピオンは重々しく言った。「それで、いつあの指輪をはずしたんだい？」

ジーナはあんぐり口を開いて彼を見つめた。

「まあ、まさにそのときよ。どうしてご存じなの？　神経がたかぶったときの馬鹿げた癖で……もともとゆるめのサイズだから、そのときも、あの指輪をはずしていじくりはじめたんです。でも、彼はふと目をおろしてそれを見ると、すっかり頭にきたみたいで。さっとわたしの手から指輪を取りあげ、どこでせしめたのかと問いただしました。そのあと、ダッシュボードの明かりであれをはっきり見ると、とつぜん、うんざりしたように窓から投げ捨てたんです。まったく思いがけないことだったから、わたしは自分がどこにいるのかも忘れ、指輪を取ろうと運転席のまえに飛び出しました。そしたら——そしたら、車がひっくり返ってしまったんです」

「おっとっと」オーツが場違いな合いの手を入れた。「それでいわば、一巻の終わりというわけか」

ジーナはおごそかにうなずいた。「ほんとに怖かった。さいわい、少佐の屋敷のすぐそばまで来ていたものの、ドレスは破れるし、こちらは傷だらけでショックを受けてしまって……。それで、さっさと野原を横切って厩の通用門から入っていったんです。彼もあとからついてきて、わたしたちは私道の真ん中で、声をひそめて猛然と言い争いました。彼は一晩泊めてほしいと言うんです。わたしがただの滞在客で、そんなことはできっこないのに気づいていないみたいで。それでとうとう、厩の中庭の奥にある馬具置き場に連れていきました。そこならストーブや毛布や何かがありましたから。そのあと、こちらはこっそり自分の部屋にあがって寝床にもぐり込み、朝になると、昨夜は頭痛がしたので誰かに送ってもらったと作り話をしたんです。もちろん、そのころには彼は姿を消していました」

「そうだろうとも。使用人たちが起きだすまえに、そこらのバスに飛び乗ったのさ」

オーツが満足げに口をはさんだ。「やつはあんたのほうも、保身のために口をつぐんでいると踏んだんだろう」

「どのみちそんな状況じゃ、ほかにあまりできることはなかったんですよ」キャンピオンがやんわり指摘した。「故障しかけの車を選ぶというどえらい不運に見舞われて、当初の計画はすべておじゃんになってしまったんです。彼はミス・グレイを利用して、例のレインコートの隠しポケットにおさめたブツを無事に屋敷から持ち出した。あとは、幹線道路を一、二マイル走ったところで彼女を放り出し、一人でのんびり街へもどるつもりだったんでしょう。ところが、車が故障したせいで時間を食い、警察が乗り出してきたのを目にすると、じきに非常線が張りめぐらされて逃げ出せなくなることに気づいた。そこでべつの戦略を考え出すしかなかったんです。それやこれやで、彼は泡を食ってしまったようですね。少佐の屋敷に入り込みたがったのも無理はない。結局のところ、そんな事情ではまたとない隠れ家だったでしょうから。さてと、これでまずはすっきりしたでしょう、警視。ほら、きみの指輪だ、ミス・グレイ」

小さな装飾品に手をのばしたジーナの両目に戸惑いの色が広がった。

「あなたはすごく怖い方だわ。いったいどうしてそれがわたしのものだとおわかりになったの？」

「まったくだ」オーツは疑念を隠そうともしなかった。「一度もこの娘さんに会ったことがなかったのなら、どうしてこの指輪は彼女のものだと察しがついたんだ？」

キャンピオンは心底驚いてジーナを見つめた。

「おやおや、お嬢さん、それはわかっているはずだぞ。この指輪は誰かが、きみのために誂《あつら》えてくれたんだろう？」

「いいえ。これは遺品なんです。半年ほどまえに亡くなった父方の伯母が、手紙を添えて贈ってくれました。これを幸運の御守りとしていつも身に着けているようにって。

今のところ、あまり幸運をもたらしてくれてはいないようだけど」

つかのま、キャンピオンは完全に面食らったようだった。それから、声をあげて笑った。

「お父さんのお姉さん？　ひょっとして、きみはその人の名前をもらったの？」

「ええ、そうですけど」ジーナの黒っぽい目がみるみる真ん丸になった。「どうしてそんなことまでご存じなの？　ほんとに怖いぐらいだわ」

キャンピオンが親指と人差し指で指輪をつまんでゆっくりまわすと、電灯のどぎつい光の中で色とりどりの石がきらめいた。

「タネを明かせばごく単純なことだから、がっかりさせてしまいそうだけど」彼は切り出した。「五十年ぐらいまえには、若い女性にこういう指輪を贈るのはかなり一般的な風習でね。これがジーナ・グレイの指輪だとわかったのは、いわば、その名が周囲に書き綴られていたからだ。ほら、この小さな金の星からはじまって、次は何かな？　ガーネット、インディコライト——電気石の一種ですよ、警視——、ネフライト、アメジスト。もうひとつの小さな金の星をはさんで、またガーネット、ローズクオーツ、アガット、そして最後にイエローサファイア。ほらね。きみは知っているかと思ったんだけどな。石の頭文字をつなげると、G・I・N・A、G・R・A・Y――愛する人に贈る、最高級の記念ジュエリーの伝統にのっとって作られている。だからこの指輪を冷静に観察したら、すぐにぴんときたんだよ。ほら、見てください、オーツ。こんなちぐはぐな石を一緒に並べるなんて、それで何かの意味をあらわすつもりでもなければ、正気の沙汰じゃないでしょう」

警視はすぐには答えなかった。青白い顔に不本意そうな驚嘆の色を浮かべて、指輪をひねくりまわしている。やがてついに目をあげると、意外にも情感たっぷりに言った。

「いやはや。そんなからくりがあったとは！」

ちなみにこのささやかな会見のあいだ、すっかりしらふにもどったジョナサンは、キャンピオンの助言に従い、外のテムズ河畔《かはん》通りにとめたタクシーの中で辛抱強く待っていた。その車でジーナ・グレイが立ち去ってしまうと、オーツはもっとざっくばらんになった。

「あの指輪には彼女の名前が書かれていたわけか」しばし想像にふけるポーズをとったあと、「彼女のあの愛らしい名前が！　みごとなものだよ、キャンピオン君。だがのぼせてもらっては困るぞ。こちらはまだじゅうぶん納得したわけじゃない。誰がきみの目をロッキーに向けさせた？　なぜロッキーなんだ？　ロンドン市内に五十人はいる腕利きの宝石泥棒の中で、どうしてほかならぬロッキーに目をつけた？」

キャンピオンはにやりと笑みを浮かべた。オーツがここまでへり下り、率直な質問をぶつけてくることはめったにない。当然ながら、キャンピオンはこの快挙に嬉々としていた。

「この件のホシは〝プロ〟だとあなたは言ってましたよね」彼は説明した。「それが最初の足がかりでした。そのあと、若い知人のジョナサン・ピーターズが話してくれたところによれば、ジーナは未知の男とちょくちょく狩りを共にしていた。そこで、それらの事実を考え合わせ、ロッキーだという結論に達したんです。ロッキーは今どきの犯罪者にはめずらしく、乗馬が得意なんですよ。猟人会の狩りに飛び入り参加して、赤っ恥をかかずにすむほど乗馬のうまい宝石泥棒を何人知っていますか？　なじみのない田園地帯で狩りをするのは、ハイドパークの乗馬道をパカパカ歩くのとはわけがちがいますからね」

オーツは悲しげにかぶりをふった。

「きみと話してると気が滅入るよ。きみはまず明白な事実を思いつき、それをぽんと口にする。すると結局、そのとおりだとわかるんだ。何ともしゃくにさわるね。しかし、そういう指輪については初めて知った。どうかな、家内にひとつ贈ってやるのも悪くなさそうだ。うん、いい考えだぞ。彼女はきっと気に入るだろう。それに」とオーツは真顔で言い添えた。「いずれ何かの役に立つかもしれん。もしかするとな」

ついにキャンピオンは腰をおろして、警視のために貴石の組み合わせを考えてやった。

魔法の帽子

The Case of the Hat Trick

アルバート・キャンピオン氏はその帽子を、心温まる記念品として受け取った。ウインヤード夫人が故郷ニューヨークへの船旅につく前夜、レストラン〈ブラガンザ〉で開かれた送別会で、彼の手に押し込むように渡してくれたのだ。

「これをさしあげたいの」彼女は丸っこい手を彼の燕尾《えんび》服《ふく》の袖にかけ、縮れた白髪頭をかしげて言った。「とってもめずらしいものなのよ。ボンド街の可愛らしい脇道のひとつにある、ウルフガーテンってご老人の店で見つけたんだけど、彼はありとあらゆる神聖なものに誓って、これはきわめてユニークなものだと言ってたわ。この世にふたつとないものだって。だからわたしと愛しい太鼓腹ちゃん《ミスタ・ハニーボール》と、わたしたちみんながこの旅ですごしたすてきな時間を思い出してもらえるように、あなたに持っていてほしいの」

いつも妻に何とでも——〝太鼓腹ちゃん〟とまで——呼ばせている陽気なヒューバ

ート・ウィンヤード氏が、眼鏡の奥からキャンピオンにウィンクした。

「まあ、そういうことさ。感謝のスピーチなど気にせんでくれ。時間がもったいない。あのいまいましいワイン係の給仕はどこだ？」

そんなわけで、キャンピオンはその小さな帽子をポケットにおさめ、それきり忘れ果てていた。黒い縞瑪瑙《オニキス》で作られた高さが半インチにも満たない精巧な飾り物《チャーム》で、本来ならば頭のおさまる開口部がきれいにくり抜かれている。

それがポケットにあるのを見つけたのは、次にばりばりの盛装に身を固め、ロリマーの『持ち越し《キャリーオーバー》』の初日に〈ソヴリン劇場〉へ出かけたときのことだった。周囲のすべてが洗練されていて、〝窮屈〟と言うのがぴったりだという気がしはじめたとき、第二場の幕がおりて、誰かが彼の肩に手を触れた。見ると、ピーター・ヘリックだった。いつも優雅に落ち着きはらっている男にしては、めずらしく狼狽《ろうばい》しきっているようだ。

「あの、先輩、ちょっと力を貸してほしいんです」ピーターはぶつぶつ言った。「一緒に来てもらえませんか？」

まさにすがりつくような響きが感じられたので、キャンピオンは連れの面々に断り、ピーターとその場をあとにした。

「何ごとだ？　喧嘩でもおっぱじめるつもりかい？」

芳香《ほうこう》のただよう、騒々しい通路の人ごみをかきわけながら、キャンピオンは笑いを含んだ声でささやいた。

「そうならなきゃいいんですけどね。じつのところ、それを避けようとしてるんですよ。社交的な援護が必要なんです」

ピーターは金ピカの長椅子と、アジサイが活けられた巨大な花かごのあいだの、打ち明け話にはぴったりの一角に身をすべり込ませた。耳のあたりをうっすら赤く染め、若々しい顔のチャームポイントとなっているあざやかな青い目に、照れたような笑いをのぞかせている。

「さっきあなたの姿に気づいて」若者は言った。「はたと思いついたんですよ。あなたはこんな馬鹿げたお願いをしても絶交したりしないでくれる、この世で唯一の人間じゃないかって。後生だから、ぼくを助けにきてください。公爵か何かのふりをするのは無理ですか？」

「そりゃあ、できないことはないだろうけど」キャンピオンの痩せた顔に、いつにもましてうつろな表情が浮かんだ。「いったいどういうことなんだ？　ぼくは誰を感心させればいいのかな？」

「今にわかります」ピーターは険しい顔つきになった。「ぼくは疑いの目で見られてるんですよ。まともなやつじゃない――っていうか、つまりその、好ましい交際相手じゃないってね。誰かが、ぼくの親父は警官だと言いふらしたんでしょう」

キャンピオンは角縁《つのぶち》眼鏡の上まで眉をつりあげて笑いはじめた。ピーターの父親のヘリック少佐なら、よく知っていた。スコットランド・ヤードの副総監の一人で、キャンピオンの知人の中でも指折りの堅物だ。仮にこのピーターを目の敵《かたき》にするような者がいたとしても、よもや彼の素性にケチはつけられないだろう。いささか滑稽《こっけい》な事態のように思えたので、やんわりそう言ってみた。

「じつに愉快でもあるけどね」キャンピオンは陽気に言い添えた。「いかにも古風な連中が、あの若造め、何のつもりなのかと疑心暗鬼になってる感じで。きみはその女性のことが気になって仕方ないのかい？　女性が絡んでるんだろう？」

ちらりと彼に向けられたピーターの目が、すべてを物語っていた。

「そりゃあ、あなただって彼女を見ればわかります。以前に船上で知り合い、その後は連絡が取れなくなってた人なんですよ。それが今になってとうとう再会できたのに、頭のおかしな老いぼれ親父に加え、信じられないほど不快なやつがべったり張りついてるときた。さあ、先輩、得意の腕を見せてください。ぼく一人じゃすっかりお手上げなんですよ。プルーデンスは困惑しきっているし、ほかの二人がどれほどひどいかは、その目で見てもらうしかありません」

それから二分とたたないうちに、キャンピオンはピーターの最後の言葉になかば同意する気になっていた。娘の父親のトーマス・K・バーンズ氏はそうでもなかったが、彼らの知人のノーマン・ホイットマンのほうは、たしかに信じがたいほどひどかった。プルーデンス・バーンズ嬢に関しては、そのほっそりした赤毛の愛らしい姿を一瞥《いちべつ》しただけで、ピーターがのぼせあがるのも無理はないと合点がいった。なるほど、現代的なタイプのとびきりの美人だ。ボックス席Bの金色の椅子にすわった彼女は、ユーモアと知性と当惑の入り混じった茶色い目でキャンピオンを見あげてにっこり微笑んだ。

それにひきかえ連れの二人は、はるかに見劣りがした。バーンズ氏は文字どおりの無骨者で、南アフリカで巨万の富を築いたという。彼が紹介されたばかりのキャンピオンにそのふたつの明白な事実を述べたてていると、例の第三の人物が警告するように眉をひそめた。バーンズ氏はたちまち、口でもふさがれたように押し黙り、途方に暮れた顔で身をすぼませた。それから、小さな灰色の目に訴えかけるような表情をちらつかせ、おずおずキャンピオンをふり向いた。

「これは――ええと、こちらの紳士はノーマン・ホイットマン氏だよ」バーンズ氏は言ったあと、その名の効果があらわれるのをかたずを呑んで待ち受けた。

キャンピオンが自分に期待されているとおぼしき反応を示し、興味津々の顔をしてみせると、ノーマン・ホイットマンはもったいなくも、尊大な目で彼を見つめた。

キャンピオンは戸惑った。目のまえにいるのは肉付きのいい、もったいぶった小男だ。なめらかな髪、片眼鏡がどうにも不似合いな青白い顔。粋とは言えないが上等な服を着て、靴のつま先からひいでた白い額のてっぺんにいたるまで、ピカピカに磨きあげられている。甲高い声はいかにも気取った感じに注意深く調整され、身体中から鼻持ちならないうぬぼれがにじみ出しているようだ。

「お目にかかるのは初めてですが……」ホイットマンは何やら非難がましい口調で言ったあと、「今夜の舞台はどうも、あまりぱっとしませんな。気の毒なエミリーの芝居はとんだ期待はずれだ」

キャンピオンには、今夜のデイム・エミリー・ストームの演技は、じゅうぶんいつもどおり洗練のきわみのように思えた。そこでそう述べ、

「彼女自身はいつも、初日はひどく緊張すると言っていますが」

「まあ、あの方をご存じなんですの？」勢い込んで尋ねてきたプルーデンス・バーン

ズの声には心からの興奮と憧れが感じられ、その若々しい純真さに、キャンピオンは好意を抱いた。

「おやおや、お嬢さん、役者ふぜいに興味は禁物ですぞ！」ノーマン・ホイットマンがすかさず、たしなめるように指をふり動かした。プルーデンスはぽかんと彼を見つめ、ほかの二人もあきれ返ったが、バーンズ氏だけはいささかあわてたようだった。

「そうとも。とんでもないぞ」娘の父親は、丸っこい赤ら顔には何とも不似合いな、わざとらしい殊勝ぶった表情を浮かべた。

信じがたいほど嫌味なノーマン・ホイットマンは、ボックス席のわきの手すりから身を乗り出した。

「あれは伯爵夫人じゃないか？」と、不意に声を張りあげ、「どうだろう？　ああ、やっぱり。そう、彼女だ。みなさん、失礼しますぞ。ちょっとご挨拶しにゆかねば」

彼がそそくさと出てゆくと、今度はバーンズ氏がそこに移動して、眼下の特別席にひしめく華やかな衣裳とその持ち主たちに目をこらした。その興味津々の姿には、どこか哀れを誘う子供っぽさがあり、キャンピオンには微笑ましくさえ思えた。だがピーターのほうはそれほど同情的ではなく、うんざりしたようにさっさと娘のそばへ行ってしまった。ここは彼にしばしのチャンスをやるのが情けというものだろう。キャンピオンは雄々しく、父親に注意を集中した。

バーンズ氏がちらりとキャンピオンを見あげ、ふたたび目をそらした。

「ノーマンはまだあらわれないぞ」と言ったあと、しばしためらい、いかにも気詰まりそうに、そっけなく言い添えた。「きみには彼女が見えるかね？」

「誰がですか？」

「伯爵夫人だよ」バーンズ氏はうやうやしげに声をひそめた。

キャンピオンのほうも、いささか気詰まりになっていた。ポケットに深々と突っ込んだ指先があの縞瑪瑙の帽子を見つけていじくりはじめると、彼はそれを取り出し、漫然と片手の中でころがした。そのまま、ボックス席の中でバーンズ氏の背後に立ち、階下へころげ落ちんばかりに身を乗り出す相手の姿を見守った。

「ああ、ノーマンだ」バーンズ氏の声が興奮のあまり高まった。「あれが伯爵夫人だな？　きみは彼女に面識がないのかね？」

「はあ、残念ながら」キャンピオンは階下の人ごみの中でノーマン・ホイットマンと言葉を交わしている真紅のドレス姿の大柄な女性を見おろし、力なく答えた。バーンズ氏が〝そんなことだろうと思ったよ〟と言わんばかりに陰気にうなずき、キャンピオンは自分がピーターともども、面目を失ったことに気づいた。

階下の光景を堪能したバーンズ氏が、背筋をのばしてあとずさった。「こんなところを見られんほうがよさそうだからな」と口にしたあと、オホンと咳払いしたものの、今の失言をごまかすには少々遅すぎた。

ややあって、バーンズ氏はようやくキャンピオンに注意を向ける気になれたようだった。

「きみは何かの事業でもしているのだろうね?」と、気むずかしげに彼を見つめながら尋ねた。

角縁眼鏡をかけた長身瘦軀《そうく》の男は悲しげに微笑んだ。世間には、この手の〈紳士ぶ《ブルジョワ・》った俗物《ジェンテイリヨーム》〉という昔ながらのキャラクターをあざ笑う者たちもいれば、そのぎごちない奮闘ぶりに哀れを誘われる者たちもいる。キャンピオンは後者の一人だったので、いかなる形でも相手を傷つけまいと、答えを思案した。

「いや、事業というほどでは」とさりげなく答えつつ、例の小さな帽子をぽんと放りあげ、ふたたびつかんで指のあいだでころがした。それは自分でもろくに意識しない無意味な動作だったので、バーンズ氏の反応には心底驚かされた。

最初に気づいたのは、相手の両目が飛び出さんばかりになり、赤らんだ頬がまだらに青ざめたことだった。次の瞬間には、プルーデンスの父親は、新たな知人への態度を一変させていた。ふさぎ込んだ様子は消え失せ、異常なまでに友好的になったのだ。

二分もしないうちにキャンピオンは葉巻をすすめられ、相手の滞在先のホテルを教えられ、ぜひとも訪ねてほしいと乞われていた。いささか仰天したことに、彼自身がたまたま有望だと知っていた株に関する内密の情報まで授けられたほどだ。二人だけの話に没頭していた若い恋人たちでさえ、この形勢の変化に気づいたようだった。それどころか、劇場じゅうの人間が気づいたにちがいないと思えてしまうほど、バーンズ氏の豹変《ひょうへん》ぶりはあからさまだった。

すっかり打ち解けたバーンズ氏は、ちらりとピーターを見やり、キャンピオンに視線をもどすと、若者のほうにぐいと首をかたむけ、ひそひそ声で尋ねた。

「あの青年とは長い付き合いなのかね？」

「ずっと昔からの知人です」キャンピオンは請け合った。

「ああ、ならばあれはまともな男なのだろうな？」赤らんだ顔は真剣そのものだった。

「彼はぼくの大事な親友の一人ですよ」とキャンピオン。辛辣《しんらつ》な言い方をする気はなかったのだが、当惑のあまり、思わず冷ややかな口調になっていた。

バーンズ氏はその暗黙の非難を受け入れた。「いや、それならいいんだが」とため息をつき、「正直言って、わたしはまだ自分の立場になじめんようでな。いささか面食らっているのだよ」

その告白がどう受け取られたか窺うようにそっと目をあげ、キャンピオンがうつろだが愛想のいい表情のままなのを見ると、共謀者めいた口調でささやいた。「これでどれほど気が軽くなったか、きみにはとうていわかるまい」

キャンピオンのほうは、にわかに気が重くなっていた。だが、それとなくあれこれ探りを入れてみようとしたとき、開幕のベルが鳴り、自分の席へもどらざるを得なくなった。バーンズ氏は彼と別れるのを大いに残念がったものの、ピーターが一緒に残ることを承知したので、少しは慰められたようだった。

キャンピオンは狐につままれた思いで通路を突き進んだ。多少の成功をおさめるのには慣れているが、あれほどの効果があろうとは。別れぎわにピーターが投げてよこした驚愕の視線を思い出すたびに、笑いがこみあげた。けれども、どうしてあんなにうまくいったのか、説明せずにすんだことを感謝せずにはいられなかった。

彼は階段でノーマン・ホイットマンとすれ違った。ボックス席へもどろうと息せききって進んできた小男は、ちらりとキャンピオンに視線を向けてうなずいた。

「夫人にお声をかけていただいたよ」と、重要きわまりない吉報でも告げるように言い、小走りに遠ざかってゆく。それを見送ったキャンピオンの記憶の片隅で、何かがうごめき、あっという間にふたたび消え去った。

誰かを――あるいは何かを――以前にも見たという漠たる印象ほど苛立《いらだ》たしいものはない。そのまま階段をおり、今では明かりの消えた客席をそろそろ進むあいだも、キャンピオンは額にしわを寄せていた。彼はいつかどこかで、あの太った小男がよろめき進む姿を目にしていた。だがいつ、どこで見たのかはとんと思い出せず、じれったいことこのうえなしだった。

その夜はもうピーターに会うことはなかったが、翌朝、キャンピオンがまだ寝床にいるうちに若者は電話をかけてきた。

「いやあ、ほんとに」電話線の向こうの若々しい声は、感激しきっているようだった。「あれには驚きでしたよね。どんな手を使ったんですか？」

「効果は持続したのかい？」キャンピオンは用心深く尋ねた。

「そりゃもう！　今朝はこれからみんなで競馬場に行くんです。あなたには、いくら感謝してもしきれませんよ。いろんな面ですごい人なのは知っていたけど、奇跡を起こせるとはね。ぼくはまだ半信半疑なんです。だって、あなたが来るまではけんもほろろの扱いを受けてたんですよ？　それが今じゃ、あの親父さんの大のお気に入りなんですからね。あなたはいったい何を言ったんですか？」

キャンピオンも人の子で、栄誉をむざむざ手放す気にはなれなかった。

「たいしたことじゃない」とありのままに言ったあと、「適当にぶちあげておいたのさ」

「そりゃそうなんだろうけど」ピーターは声をあげて笑った。「ほんとに何を言ったんですか？　だって、あなたのおかげで親父さんの態度は一変したんですよ」

「じつはろくにしゃべってもいないんだ」キャンピオンは答えたが、あいにく、このまぎれもない事実はどうにも説得力を欠いていた。「それより、例のご立派な友人はどうなんだ？　かなり態度を軟化させたのかい？」

「いや」ピーターは軽蔑しきった口調になった。「まあ、こっちもあのケチな野郎にはろくに注意を払わなかったから。ねえ、どうすればそんな力をふるえるのか教えてくれてもいいでしょう」

教えようにも見当がつかず、役には立てそうもなかったので、キャンピオンは話題を変えるのがいちばんだと考えた。

「とても愛らしい娘さんだな」彼は言ってみた。

ピーターは毛鉤《けばり》に飛びつくサーモンのごとく餌に食いついた。

「すばらしいの何のって」と、熱のこもった口調で言う。「ただし、ぼくはその件になると、まともには話せなくなっちゃうんです」

十分近くたってようやく受話器を置くことを許されたキャンピオンは、にやにや笑いを浮かべてふたたび寝床に身を落ち着けた。ピーターは〝まともに話せない〟どころではなかったのだ。

今回の件を一から考えなおしてみると、世間にままある奇妙な出来事として、きれいさっぱり忘れ去りたい思いになった。とはいえ、奇妙にもほどがある。しかも次にあの縞瑪瑙の帽子について考え込まされたのは、とうてい看過できない状況でのことだった。

翌週の水曜は十七日で、九月の十七日といえば、キャンピオンがロンドン市内にいればかならず、ダリアの品評会に訪れたエヴァ叔母をディナーに連れ出すことになっていた。過去の恩義——小遣いが乏しくなったころの、時宜を得た財政的援助——への優雅な返礼としてはじまった、例の親族内の行事のひとつである。こうした行事はえてして、気の重い責務となってしまうものだが、相手がエヴァ叔母ならましなほうだろう。彼女は茶色いヴェルヴェットと腕輪で身を固めた元気いっぱいの小柄な老婦人で、頭の中はおおむね園芸のことでいっぱいだった。当然ながら、もっと耐えがたい話題――ペキニーズ犬や他人の情事に興味津々のご婦人だって多いのだ。

二人のあいだでは、その日のレストランは叔母が選ぶのが長年の決まりになっていた。彼女は花の名前を冠した店を好み、料理やサービスの良し悪しは二の次だった。そんなわけで、叔母が滞在しているホテルに着いたキャンピオンは、柘榴石《ガーネット》と金糸のレースでめかしたてた彼女が〈ジリフラワー〉を指名してもとくには驚かなかった。

「言っておくけど、あそこは値が張るかもしれませんよ」タクシーの座席に腰を落ち着けるや、エヴァ叔母は切り出した。「でもこの春に可哀想なマーチャントがあなたにどっさりお金を遺《のこ》したのを思い出してね。だから払えないことはないでしょうけど、もしも気が進まなければ、遠慮なく言ってちょうだい」

「いや叔母様、あれほどあなたをお連れしたい店は思い浮かびませんよ」そう請け合ったキャンピオンの言葉は、あながち心にもないお世辞ではなかった。〈ジリフラワー〉はいっぷう変わった話題の店で、叔母がどう評するか興味があったのだ。

彼自身は三か月ほどまえの開店直後にいちど訪れ、けばけばしくて馬鹿高い、サービスの悪い店だと思ったものだった。しかし、前回のマナーハウスホテルの食堂は地味で田舎じみていたから、〈ジリフラワー〉のお洒落《しゃれ》このうえない雰囲気は、あんがい気分転換になるかもしれなかった。

その日の店内は騒々しかったが、混み合ってはいなかった。まだ経営の失敗を示す重苦しい寒々しさこそ感じられないものの、成功を約束された店の陽気な華やぎもない。

エヴァ叔母は、余興はろくに見えないが、舞台を縁どる花飾りが真正面に見えるテーブルを選ぶことができた。ただし、食事のほうは大当たりとは言えなかった。従業員の対応は相変わらずなっていないし、料理は妙にもったいぶっているだけで、とうてい一流の調理人の手になるものとは思えない。

ほどなく、キャンピオンはサービスのひどさにじりじりしはじめた。汚れのついた皿、注文の聞き忘れ、水漏れするアイスバケツ。途中で二度も料理を待たされたうえに、信じがたいほど冷めたコーヒーを出され、彼はおもて向き礼儀正しくふるまいながらも、徐々に苛立ちをつのらせた。おしゃべりに夢中になっているエヴァ叔母が――どうやら今夜の主題は、骨粉《こつぷん》の肥料としての利点のようだが――店側の再三の手落ちに気づいていないのはせめてもの救いだ。

とはいえ、あれやこれやでキャンピオンには試練のひとときだった。コーヒーのおかわりと食後酒が運ばれてくるのを辛抱強く待つあいだに、指先があの縞瑪瑙の帽子に触れると、彼はそれを取り出し、テーブルクロスの上で何度もころがした。

と、まずはウェイターがコーヒーをこぼした。うんざりしながら身を引いて視線をあげたキャンピオンは、二度目の驚きに打たれた。何らかの謝罪を予期していたのだが、それどころではない。不運なウェイターは真っ青になっていた。平身低頭、泣きださんばかりだ。その瞬間から、〈ジリフラワー〉はキャンピオンのものになったも同然だった。

その変化はまさに仰天ものだった。給仕長がやけに愛想よくあらわれたかと思うと、その手下どもが青ざめた小天使の群れのように、四方八方からささやかな恩恵を降りそそがせてきた。エヴァ叔母は〈レディ・フォーテヴィオット〉なる薔薇の花束を贈られ、キャンピオンのほうは、パリから運ばれたとおぼしき極上の年代物のブランデイをすすめられたほどだ。二人がとつぜん、〈ジリフラワー〉の主客に昇格したことは間違いない。

キャンピオンは眼鏡の奥の目を考え込むように光らせ、小さな飾りを何度もひねりまわした。

「可愛らしい帽子ね」エヴァ叔母が薔薇の花束ごしに微笑んだ。

「そうでしょう?」とキャンピオン。「なかなかしゃれた、隅に置けないやつなんですよ」

だが、それがどれほど隅に置けないものか判明したのは、しばらくたってからだった。その驚くべき事態が起きたのは、叔母が古めかしいクロテンのコートを取りにいっているあいだに、キャンピオンが三ポンド十七シリング一ペニーの勘定書きを見せられたときのことだ。彼が承諾のしるしにうなずくと、ウェイターはさっと勘定書きを取りあげた。もちろん、お支払いは無用でございますとウェイターは言い、客が支払うそぶりを見せたことに傷ついたようだった。〝当然ながら〟代金は受け取れないという。

キャンピオンがぽかんと口を開けて見あげると、ウェイターは心得顔で微笑み、お食事をお楽しみいただけましたならさいわいですと、殊勝ぶった口調で言った。キャンピオンがかまわず札入れを取り出そうとしていると、サッカーボールのように丸々とした腰の低い支配人があらわれ、ウェイターの言うとおりだと保証した。

「お支払いは無用でございます。いえ、いえ、本当にご心配なく。事前にお電話くだされば、もっとよいお席をご用意できましたのに」

キャンピオンは灰皿の縁に鎮座した、つややかな縞瑪瑙の帽子を見おろした。支配人がその視線を追い、晴れやかな笑みを浮かべる。

「ご満足いただけましたでしょうか?」

その小さな帽子を人差し指ではじいたとき、不意に、すべての謎を解く記憶がキャンピオンの脳裏にあざやかに浮かびあがった。

「こいつのおごりなんだね？」

支配人と声を合わせて笑った彼は、家に帰るまでずっと笑い続けていた。


それから二週間あまりのちに、ピーター・ヘリックがキャンピオンを訪ねてきた。若者はいきり立っていた。

「いやあ、電話をもらえて嬉しかったな」雷まじりの小さな嵐のように、ピカデリーのフラットの書斎に飛び込んできたピーターは言った。「ちょうどまた助けを乞おうと決心しかけたときに、電話がかかってきたんです。あなたはもののみごとにバーンズの親父さんを丸め込んでくれたから、思いきってもういちど頼んでみる気になったんですよ。乗りかかった船だと思って、もう一肌脱いでもらえませんか？」

カクテル・キャビネットのまえで飲み物の用意をしていたフラットの主《あるじ》は、ふり向いて、にやりと笑みを浮かべた。

「ぼくの神通力が薄れたわけかい？　そんなことじゃないかと思ってたんだよ」

ピーターは腰をおろした。「じつはそうなんです」と認めたあと、「あのろくでもないちび野郎、ホイットマンのせいですよ。あいつがいっぱしの名士ぶって馬鹿げた説教ばかりするから、親父さんはすっかり浮足立ってるんです。ぼくたちだけのときにはすごく満足そうなのに。それにあなたのことは今でも聞きたがるんだから、妙な話ですよね。無礼な言い方だけど、どういう意味かはわかるでしょう?」

ピーターは不意に言葉を切り、自嘲《じちょう》するように笑った。

「ぼくはとんだ間抜けだ。まあ要するに——あなたはこれを聞いたら仰天するかもしれないな、自分でも心底、戸惑ってるんだから。でもね、キャンピオン、ぼくはじっさい、プルーデンスに夢中なんですよ。どうしようもなく。で、彼女と結婚したいと思っているし、あちらも大いに乗り気なんです、これまた信じがたいほど幸運なことにね。だから理屈上は何もかも、順調そのもののはずなんだ。ところが、彼女の親父さんはホイットマンに完全にたらし込まれていてね。社交界のしきたりがどうのこうのと、突拍子もないことを吹き込まれるたびに、ころりと信じてしまうんですよ」

キャンピオンは同情しきった顔をした。

「バーンズ氏はホイットマンのことを社交界の寵児《ちょうじ》だとでも考えてるんだろうな」

「まさにそうです、残念ながら」ピーターは当惑をあらわにした。「もちろん、そんなの馬鹿げているし、釈然としない話です。とりわけ、バーンズの親父さん自身には何の落ち度もないんだから。あの上流階級への妙なコンプレックスをのぞけば、すごく面白い、洞察力のある人なんですよ。ホイットマンはたんに、相手のいちばんの弱みにつけ込んでるんです。プルーデンスによれば、親父さんは昔からその手の弱みがあったけど、仕事をやめて悠々自適の生活をはじめたとたんにひどくなってしまったとか。それでも、ホイットマンがここまで厚かましく出なければ、ぼくはプルーデンスのために我慢するつもりだったんですけどね。あいつは何と、自分が彼女と結婚してもいいとか言い出したんです」

「へえっ、ほんとかい?」とキャンピオン。「それはまた、ずいぶんきわどい手に出たな」

「ぼくもそう思いましたよ」ピーターは力を込めて言った。「ところが、あいにく親父さんはまんざらでもなさそうでね。そりゃあ、何としてでも親の責務とやらを果たし、プルーデンスを幸せにしたいんでしょう。でもだからって社交界の顔役を婿にするなんて、どう見ても大笑いですよ。いちばん頭にくるのは、親父さんが騙されてることなんです。ホイットマンはとんだ食わせものだ。自分じゃすっかりその気になってるんだろうけど、見てください! あいつが何だっていうんです? その炭酸水の泡みたいにスカスカの脳ミソしかない、ケチなおべっか使いじゃないですか。あなたはそう思いませんでしたか?」

「ぜひにと言うなら答えるが、そうは思わなかったよ」キャンピオンはしかつめらしく答えた。「ああ、悪いが、ぼくの印象はちがった。きみは彼を過小評価していると思うね。だがまあ、問題はそんなことじゃない。このさい、こちらはどうすべきか? きみには何か考えがあるのかい?」

「ええと――」ピーターはおっかなびっくり、微妙な話題に踏み込もうとしているようだった。「やっぱり、包み隠さず話したほうがよさそうですね。バーンズの親父さんは今夜、〝いろいろじっくり語り合う〟ためにプルーデンスとホイットマンとぼくを食事に連れ出したがってるんです。それでふと、考えたんですよ――思いきってあなたをその席にお誘いすれば、かの有名な懐柔の技をもういちど見せてもらえるんじゃないかって。もちろん、親父さんは大喜びするはずです。もういちどあなたをつかまえたくて、ぼくをせっつきまわしてるんですから。でもあなたとしたら、はなはだ迷惑な話でしょうね」ピーターはみじめそうに口ごもり、「図々しいにもほどがある。非常識このうえない。でも彼女があまりに大事な人になってしまって、ぼくはまともな慎みを忘れかけているんです」

「いやきみ、そんなことはないさ。あんがい、じつに愉快な集まりになるかもしれないぞ」キャンピオンは見るからに熱のこもった口調で言った。「ただし、ひとつだけ条件がある」あっけにとられている訪問者に向かって、急いで先を続けた。「〈ジリフラワー〉か〈メゾン・グレック〉へ行かれるようにできないかな？」

相手はさっと背筋をのばし、いぶかしげに両目を見開いた。「いったいどうしてそんなことを言い出すんです？」

キャンピオンは視線をそらした。

「ロンドン市内でまともな食事ができる店なんて、あの二軒ぐらいのものだろう？」と、ぶつぶつ馬鹿げた言い訳をする。

「ねえ、キャンピオン、あなたはこの件について何か知ってるんですか？」ピーターは大急ぎで椅子から立ちあがりながら尋ねた。「ホイットマンも同じようなことを言ってましたよ。あいつのほうは、その手のろくでもない店をほかにも半ダースほどあげていたけど」

「ほかにも半ダース？」キャンピオンは感銘を受けたようだった。「何て抜かりないやつだ」

「抜かりない？　頭でもおかしいのかと思いましたよ」

「いや、とんでもない。彼は頭の切れる男さ。最初に見たときもそう思ったよ。じゃあ、うまく話をつけてくれるね？　〈ジリフラワー〉か〈メゾン・グレック〉だ」

若者は電話に手をのばした。

「あなたの気が変わらないうちに、今すぐ親父さんに連絡してみます。あとで文句を言ってもだめですよ。ぼくはちゃんと、気まずい集まりになるかもしれないと警告しましたからね。それにしても、あなたには驚かされるなあ。ぼくが紹介する以前にもホイットマンに会っていたとは知りませんでしたよ。それだけの情報をどこに蓄えてるんです？」

「それは内緒さ」キャンピオンは何食わぬ顔で答えた。「すべては、ぼくのすてきな小さな帽子の下の頭に隠されてるんだよ」


〈メゾン・グレック〉で催されたトーマス・バーンズ氏のささやかな夕食会は、初めの三十五分間だけでも、ピーター・ヘリックの最悪の懸念が当たっていたことを示すにじゅうぶんなほど不穏な雲行きだった。

レストラン自体は、〈ジリフラワー〉よりいくらか格式ばっていて、その夜のサービスはまさに至れり尽くせりだった。エヴァ叔母との食事の終盤に受けた、これみよがしなサービスを上まわるほどだ。当のバーンズ氏はその大騒ぎにすっかり畏縮して、たえず恨めしげに夜会服の窮屈な襟を指先でいじくっていた。はっきり口にはしなくても、それをむしり取りたがっているのは一目瞭然だった。

キャンピオンはテーブルを囲む面々を見まわした。プルーデンスはこの夕食会の公然たる目的に当惑を隠せぬ様子だが、きゅっと引き結ばれた唇に内心の決意が窺える。ちらりとピーターを見やった彼女の目つきに、キャンピオンは好感を覚えた。

ピーターのほうはまったく上の空で頼りにならなかったので、キャンピオンはどうにか会話を円滑に進めるべくベストを尽くした。

一座の中で、ノーマン・ホイットマンだけは何の気まずさも感じておらず、同席者たちの居心地悪げな様子を気にもしていないようだった。やたらと手の込みすぎた食事のあいだじゅう、ホイットマンはものうげにそっくり返ってすわり、懸命に会話を続けるキャンピオンに見下すような笑みを向けていた。自《みずか》ら口を開くのは、ときたま近くの席にいるのを見かけた——ような気がする——名士について、ひそひそ声でコメントするときだけだった。

〈悪党の品定め〉とでも呼ぶべき趣味を持つキャンピオンとしては、にんまりせずにはいられなかった。ホイットマンは世にもまれなる悪党だった。彼はその青白いつややかな額で、普通ならたったひとつの平面では表現しきれないほど露骨な〝上品ぶった嫌悪〟を示し、じかに耳にしなければ信じられないほど〝人をへこます〟せりふを吐いた。

おかげでほどなく、今夜のバーンズ氏のもくろみは絶望的であることがあきらかになった。これではどう見ても、〈愛と求婚についての友好的なおしゃべり〉どころではない。若い二人は安堵を隠そうともしなかったが、バーンズ氏は意気消沈し、いっぽうホイットマンは相も変わらず、お高くとまった恩着せがましい態度をとっていた。

それでも食事が終わりに近づくと、主催者はいくらか元気づいたようだった。子供じみた期待に両目を輝かせたバーンズ氏は、無邪気な熱意を込めてキャンピオンにちらちら視線を向けてきた。ときおりチョッキのポケットをまさぐっている。ついに食後のコーヒーが運ばれ、ピーターがプルーデンスをダンスフロアに連れ去ると、バーンズ氏はこらえきれずに小さな縞瑪瑙の帽子を懐《ふところ》から取り出し、ふくよかな手のひらの上で何度もころがした。

ホイットマンが警告するように眉をひそめたが、興奮しきった男は目もくれず、じっとキャンピオンを見つめたままだった。相手のものと同じぐらいすてきな新たなおもちゃをぱっと取り出してみせた子供さながらの、照れくさそうな、鼻高々の表情で。

キャンピオンもノーマン・ホイットマンには目を向けず、片手をのばした。

「すてきなものをお持ちですね」小さな帽子を取りあげ、ためつすがめつする。バーンズ氏は声をあげて笑った。「まさしく、正真正銘の逸品だろう?」

キャンピオンはまだ、素知らぬ顔でなりゆきを見守っている第三の男には目を向けようとしなかった。

「そうだと思います」と静かに答え、顔をしかめた。何とも罪な話に思えたのだ。

「そうだとも」バーンズ氏はくすくす笑いながら、「ウェイター、勘定書きを頼むぞ!」と叫んだ。

効果はなしだった。

見ているほうが泣けてくるほどばつの悪い、無念きわまる五分間がすぎたあと、バーンズ氏はついにその明白な事実を直視せざるを得なくなった。

彼は小さな帽子を何度もころがし、白いテーブルクロスの真ん中に置いて黒々と光らせた。ウェイターの鼻先で必死にふり動かしてもみたのだが、相手の無表情な顔に変化はなく、ウェイターはあくまで礼儀正しくかまえつつ、巌《いわお》のごとく不動の姿勢を崩さなかった。折りたたまれた勘定書きは、テーブルの上に乗せられたままだ。

やがて――まるで申し合わせたように――バーンズ氏とキャンピオンがそろってノーマン・ホイットマンに目を向けた。問いただすような凝視はしばし続いたが、太った男は顔色を変えたりはしなかった。酔った両目はうつろなままで、表情にも変化は見られない。それでもややあって、沈黙が堪《た》えがたくなったのか、ホイットマンはなだめるように笑って立ちあがった。

「わたしが支配人に会ってこよう、バーンズ」彼はぶつぶつ言った。「あの連中のことは大目に見てやりたまえ。彼らはごく慎重に相手を選ばねばならんのだ」

どうにも無礼な言い草ではあるが、もっともしごくな言葉でもあったので、徐々に疑いを強めていたバーンズ氏はかすかな希望を抱く気になったようだった。

とはいえ彼は何も答えず、キャンピオンと無言で席に着いたまま、そそくさと部屋を横切ってゆく尊大な男を見守った。その姿がついに、出口のまえに並べられた花々の背後に消えた。


今夜の主催者にじっくり考える暇をやったあと、キャンピオンはやおら椅子の背にもたれて自分の縞瑪瑙の帽子を取り出し、テーブルの上のもうひとつの帽子のかたわらに置いた。まったく同じだ。ふたつの小さなシルクハットは、細部にいたるまで寸分たがわぬ造りだった。

「ぼくのはいただき物なんです」とキャンピオン。

バーンズ氏はふたつの小さな帽子から視線をあげ、両目を見開いた。

「もらい物だって？　たいしたプレゼントだな。わたしもかなり裕福なつもりだったが、とてもそんな贈り物をする度胸はなさそうだ」

角縁眼鏡をかけた細身の男はすまなそうな顔をした。

「とてもすてきなアメリカ人の女性とそのご主人が、この地を訪れた記念にささやかなプレゼントをしたいと言ってくれまして。彼らはこれをチェリーニ通りのウルフガーテンの店で買ったんです。とてもめずらしい、ユニークなものだと言われたそうだけど、人にはそれぞれ、自分なりの言葉の定義があるわけですからね。〝ユニーク〟というのは、ウルフガーテンにとってはロンドンにひとつ、ニューヨークにひとつという程度の意味なんでしょう。夫妻から五ポンドぐらいは取ったのかもしれません。それを――ええと――あなたにお話ししておいたほうがいいと思って」

バーンズ氏は張りつめた表情で背筋をこわばらせ、小さな両目に厳しい色を浮かべると、とつぜん椅子の中でくるりとふり向き、出口に並ぶ花々を見すえた。キャンピオンはそっと、押しとどめるように手をのばした。

「待ってください。すべてはあなたしだいです。勝手ながら、お望みならば彼をつかまえられるようにしてあります。目下のところ、われらがノーマンは支配人のオフィスで抗議してるんじゃないのかな。いったいどうして自分の手配した取り決めが無視されたのかとね。じつは三週間ほどまえに、彼はかなりの数のレストランに二十ポンドずつ預託金を渡し、小さな縞瑪瑙のシルクハットを見せて、誰でもこれを取り出した客には黙ってその金で食事をさせるように話をつけたんですよ。奇妙な注文ではあるけれど、考えてみれば大昔から、印章つきの指輪とかいった私的な記念品がその手の用途に使われてきたわけだし、店側にしてみれば、その二十ポンドさえ確保すれば失うものはなかったんです」

バーンズ氏はごくりとつばを呑み、「続けてくれ」とうながした。

「ええと」キャンピオンはさらに遠慮がちな口調になり、「たぶん今しも支配人はホイットマンに、ここにあずけられた二十ポンドは使用済みだと説明してるんじゃないかと思います。証拠となる勘定書きの束を取り出して。ぼくはこのところ、自分の小さな帽子が効力を失くすまで、ここと〈ジリフラワー〉でせっせと食事をしてきたんです。ホイットマンにかなりの借りができてるはずですよ。とはいえ、それはどうでもいいことだ。肝心なのは、支配人のオフィスには店の警備員が控えているということです。さしあたり、彼がホイットマンから聞かされるのは、奇妙ではあるが、まったく罪のない話でしょう。しかしその後、それとはかなりちがう話をあなたから聞かされれば――もちろん、すでにぼくからは聞いてるわけですが――そうなれば当分、ホイットマンは、シルクハットや燕尾服や偽の伯爵夫人どころじゃなくなるでしょう。こんな形で事実を明かしてすみません。でもあなたが彼を訴えるとすれば、これしかじゅうぶん安全な方法はないように思えたんです」

相手はしばし、微動だにしなかった。頑として何の感情も示さないまま、肩を丸めてふさふさの白髪まじりの頭を突き出し、じっとふたつの帽子に見入っている。やがてついに、視線をあげてキャンピオンと目を合わせた。一瞬、心が通い合い、キャンピオンが大いにほっとしたことに、二人は声をあげて笑いはじめた。

バーンズ氏は、とつじょ不快なニュースを聞かされた人間にしてはかなり長いこと笑い続けていたが、キャンピオンがいささか不安になりだしたとき、ようやく心を静めて自分の帽子を取りあげた。

「五千ポンドだ」と、小さな帽子を眺めながら言う。「それでも、馬鹿に安すぎるように思えたものさ」

「どんな効力があるにしては安すぎると？」

「ロンドンじゅうの一流レストランで、六人までなら好きなだけ客を招いて死ぬまで無料《ただ》で食事ができる効力だ」バーンズ氏は静かに言った。「いや、聞いてくれ。こちらもそれほど間抜けではない。じつによくできた話だったのさ。ノーマンは頭の切れるやつだよ。ごく慎重にことを進めた。知り合って六週間ほどたったある晩、わたしをこの店へ連れ出したのだがね。正直言って、あの夜の彼のふるまいかたには感動したよ」

バーンズ氏はそこで言葉を切り、おずおずとキャンピオンに目を向けた。「わたしはいわゆる社交界の名士ではない。いやいや、気を遣わんでくれ。こんな愚か者でも、どうしようもない馬鹿ではないのだよ。わたしはあり余る金とあり余る時間を手に、この街へやってきた。一流の紳士たちと付き合い、これまで活字で読むだけだった、洗練された流儀をつぶさに学ぶつもりでな。そして、おおむね望みをかなえた。わたしにはノーマンは申し分なく見えたのさ。あきらかにそれは間違っていたようだがね。ともあれ、彼はしかるべき服装とかいったことについて、いくつか有用な講義をしてくれた。そのあと、わたしをここに連れ出し、このろくでもない帽子を使って一芝居うったのさ。

あれには感動したよ。ああいうしゃっちょこばったウェイターどもにはいつも手を焼かされるから、すべてがごくスムーズに運ぶのを見て、すっかり引き込まれたんだ。じつにさりげなく、品位があって、紳士らしいやり方に思えた。いっさい金のやり取りがないあたりもな。そこで、どういうことか尋ねると、彼は話したくないようなふりをした。だがこちらも容易には引き下がらん男だから、じきに聞き出した。きわめて巧妙なホラ話だったよ。

この帽子は〈シルクハット・クラブ〉の会員であることを示すものだというのだ。そこはたいそう閉鎖的なクラブで、会員は国内でも有数の名士たち……王族とかいった人々にかぎられている。そうした選《え》りすぐりの組織の常として、その存在はおおむね秘密にされているのだとノーマンは説明した。レストランは相手がとびきりの名士たちだと確信すればこそ、この取り決めに同意したのだと」

バーンズ氏は、ばつの悪そうな笑みを浮かべた。

「まあ、あとは察しがつくだろう。ノーマンの話はたいそう筋が通っているように思えたし、これはビジネスとしても悪くなかった。終身の年金受領権が買えるなら、食事券だって買えて当然ではないか——購入者の人格が保証され、権利の転売で儲けたりする輩《やから》でないことがわかっていれば。ああ、わたしはたしかにど阿呆だ。しかし彼はついていたんだよ。こちらはたまたま、きみの帽子を目にし、決意を固めたのだからね。むろん、そのことはノーマンには話さなかった。彼はきみが気に入らなかったようだから、焼きもちを焼かせたくなかったのさ」

「彼はあなたをそのクラブに入会させることになっていたんでしょうね？」

「まあそんなところだ。五千ポンドの入会金とひきかえにな。安い買い物に思えたよ。わたしは五十六歳で、あと二十年はあちこち食べ歩けるだろう。だがきみのほうはどうなんだ？　いつこのからくりに気づいたのかね？」

キャンピオンはことの顚末《てんまつ》を正直に話した。いぶかしげに見つめる明るい両目をまえに、せめてそれぐらいはするのが当然のように思えたからだ。

「ぼくはあの男を以前にも見たんです。はたと思い出したんですよ。ひどく手間取りましたけど、最初に〈ジリフラワー〉で支払いを免除されたあと、不意にすべてがぴんときたんです。あなたをがっかりさせたくないけれど、これはありとあらゆる信用詐欺の元祖に倣った手口でしてね。

もう何年もまえに、ケンブリッジを卒業したてのぼくはカナダへ行き、片田舎のうらぶれた小さな町で、旅芸人の一座に出会いました。この世で最後の古風などさ回りの一座といった感じで、波瀾万丈のメロドラマ、笑劇、それに各種の出し物が詰め込まれた四時間のプログラムを上演してました。その笑劇は何世代にもわたって伝えられてきた、決まった型を持たない、昔ながらの田舎芝居で、役者たちが演じながら適当にせりふを作っていくんです。

で、もちろん出来はさんざんだったけど、悪役の太った若者だけはなかなか笑えるやつでした。ひどく滑稽な歩き方をしたりして。それでこのまえ、ホイットマンがそちらのボックス席へと通路を突き進んでいくのを見て、何かを思い出しかけたんですよ。そのあと、〈ジリフラワー〉のテーブルでこのシルクハットを見ていると、一挙に記憶が……どうかしましたか？」

ひたとキャンピオンを見つめるバーンズ氏の両目に、驚愕の色が広がった。何かを思い出しかけているようだ。

「『これさえあれば食事は無料《ただ》』か！」バーンズ氏は叫び、大きなこぶしをどんとテーブルに打ちつけた。「いやはや！　まだ半ズボンもはけない小僧っ子のころに、南アフリカで祖父によく話を聞かされたよ。今でも憶えてる！『これさえあれば食事は無料《ただ》』――大事な牛を魔法の帽子と交換することを承知させられた、間抜けな田舎者の話だな？　いやはや！　まだほんの小僧っ子のころだ！」

キャンピオンはしばしためらったあと、「ホイットマンの件は？」と切り出した。「あなたはどうしたいですか？　訴えれば、いくらか噂になるかもしれないし――」

そこではたと口をつぐんだ。相手は少しも聞いていなかった。椅子の中で力なく肩を丸め、あらぬ彼方を見つめている。やがて、バーンズ氏は大声で笑いはじめた。笑いすぎて涙が頰を伝い落ち、顔が紫色になって息もできないほどだった。

「キャンピオン」いくらか落ち着くと、彼は弱々しく言った。「なあキャンピオン、あの話の結末を憶えとるかね？」

客人は眉をひそめ、ついに「いいえ」と答えた。「いや、残念ながら。きれいに忘れてしまいましたよ。どんな結末でしたっけ？」

バーンズ氏はどうにか息を吸おうとしながら言った。

「田舎者は代価を支払わなかったのさ。食事をするにはしたが、牛は渡さなかった。まさにわたしと同じだよ！　これが最後の試用の機会でね。今夜、金を渡すことになっていたんだ。このとおり、すぐにも換金できる小切手が札入れの中にある。わたしはこれを渡さずにすみ、きみはやつの四十ポンドを食い尽くしたわけさ」

彼らがまだじっと見つめ合っているうちに、若い二人がもどってきた。プルーデンスがあきれたように彼らをまじまじと見た。

「ずいぶん賑やかだったこと。何を話してらっしゃるの？」

バーンズ氏は相棒にウィンクしてみせた。

「きみならこれを何と呼ぶかね？　帽子を使った奇術かな？」

キャンピオンはしばし考え、そして答えた。「とんだいかさまですけどね」

幻の屋敷

Safe as Houses

サセックス州のリトル・チタリング村で、〈白獅子亭《ホワイト・ライオン》〉の急な階段をおっかなびっくりおりてきたアルバート・キャンピオン氏は、ふたつの重大な疑問で頭がいっぱいだった。ひとつは、この宿の酒場はどこにあるのかという比較的単純な問題、そしてもうひとつは、〝血縁〟なるものに関する少々哲学的な問題だった。ごく普通の男は、どれぐらい親戚付き合いに耐えれば、こっそりロンドンへ逃げもどってクラブにしけこむことを許されるのだろうか？

狭い廊下の傾《かし》いだ床に足を踏みおろし、すぐそこにオーク材と白目《ピューター》から成る酒場らしき部屋を見つけて嬉々としたとき、背後の階段の上で衣擦《きぬず》れの音がして、くぐもった声が哀れっぽく問いかけてきた。

「おい、どうにか話はついたのか？」

角縁《つのぶち》眼鏡をかけた細身の男は、ぎくりとしたようにふり向いて目をあげた。階段のてっぺんに立っていたのは、何やらみじめ臭い、異様な風体《ふうてい》の人物だった。六十歳に手が届こうかという小男で、目下のところは、靴まで届きそうな長ったらしいツイードのコートを着込み、古びた母校のマフラーで頭をぐるぐる巻きにしている。色あざやかな襞《ひだ》のあいだの三角形の隙間から、悩ましげな顔と薄汚れた白髪まじりの口髭の一部がわずかに見えていた。うるんだ片目は縁が赤らみ、力なくどんよりとしている。キャンピオンはふと憐《あわ》れみを覚え、そんな自分に苛立《いらだ》った。このうえモンマス小父《おじ》の悩みまでしょい込まずとも、事態はじゅうぶん厄介なのだ。

「シャーロット大伯母様とは少し話してみましたが」キャンピオンは用心深く答えた。「残念ながら、ここを活動拠点にするというご意志は固いようですよ」

階段の上の不運な男はうめいた。

「とにかく、頭が痛くてかなわんのだよ」彼は愚痴っぽく訴えた。「最初にはっきり話したはずだがね。あんな隙間風だらけの、おふくろのおんぼろ車でこんなところへ来れば、神経痛が出るのはわかりきっていたんだ。あんのじょう、このざまさ。ずっとベッドに横になっていたんだが、それがまた、板みたいに固くて湿っぽいときた。なのに、いっさい同情を期待できんとは。いかにもおふくろらしいよ。あのおふくろが南極探検隊の小屋に泊まると決めたら、おれが肺炎になろうが、おまえがリューマチで歩けんようになろうが、みんなずっとそこにいるしかないのさ」

「まあ、一杯やりにおりてきませんか」キャンピオンは態度をやわらげて答えたものの、本来ならば、ごめんこうむりたいところだった。大伯母の息子のモンマス小父は、一緒に酒を飲みたいような相手ではない。「いずれは酒場も開くでしょう。すべては時間の問題ですよ」

「そりゃいい考えだ」幾重《いくえ》にも巻きついたマフラーの奥で、年配の男の顔がぱっと輝くのが見えた。しかし、彼はほとんど即座に考えなおし、恨めしげに言った。「いや、やめとこう。なにせ頭痛がひどくてね。それに、酒なんか飲んでたのがおふくろにばれたら、えらい目に遭わされる。おまえのほうはそれほど厳しくされんだろうが、こっちはせいぜい用心しないとな。おふくろはすごい石頭なんだよ」

モンマスは未練たっぷりに、のろのろ自分の部屋へともどりはじめた。あれがあの大伯母の息子かと、情けなくなるような姿だ。

「どのみち、何もかもとんだ空騒ぎだよ。おまえだって気づいているんだろ？　少なくとも、それだけはあきらかだ。家を出るまえからわかっていたことさ」モンマスは部屋のドアから首を突き出し、捨てぜりふを吐いた。「どうせ何かの悪ふざけだよ。おふくろにも何度も言ってるとおり、人は悪ふざけをするものさ」

「わたしにはさせません！」とつじょ二人のあいだのドアから響き渡った反撃に、年上の男は口をつぐんでこそこそ室内へ姿を消し、かたやキャンピオンは、はたと身を凍りつかせた。

階段の上の小さな一角にあらわれたレディ・シャーロット・ローンに、キャンピオンは逃げ出す間《ま》もなくつかまった。

「それで、アルバート」彼女はきびきびと言った。「例の件は調べがついたの？」

「まだです、伯母様。じつは──」

「いやだわ、階段の下から話しかけたりして。それじゃこちらは梯子《はしご》の上の鳶《とび》職人みたいじゃないの。今すぐあがっていらっしゃい」

キャンピオンは三十八歳の男のプライドをあらかた胸にしまい込み、素直に階段をあがった。そして老婦人に腕を貸し、彼女がしぶる宿の経営者から勝ち取ったばかりの居間に連れもどした。

相も変わらず、シャーロット大伯母はおっかなかった。小柄ながら、針金のように強靭《きょうじん》で、鋭くとがった鼻と鳥のような目をしている。もう八十歳近いことはたしかなのだが、身のこなしや容貌を見るかぎり、それより二十歳は若い感じだ。

「ドロシーを階下の調理場へやったところよ」老婦人は歯切れよく言った。「今日はここで食事をして、一夜をすごすことになりそうですからね。自分の口にするものが清潔な器具で調理されるか知っておきたいの。何もかも、よく見てくるように言っておいたわ」

「それじゃ、ぼくらはさぞかし人気を博すでしょうね」キャンピオンは愛想よく言った。

「まさか」大伯母がぴしゃりと切り返す。「ドロシーは四十年あまりもわたしに仕え、わたしの如才《じょさい》なさを少しは学んできましたからね。他人《ひと》様の気分を害することなど、まずありません。それで、調査はどこまで進んだの？　例の屋敷は見つかったのかしら？」

「いえ、残念ながらまだ。今のところは。じつを言うと、さきほどお話ししてからまだろくに階下におりてもいないので」

「モンマスなんかと油を売ってるからですよ」大伯母はずけずけと言った。「あなたがた若い者は時間を浪費しすぎます。いつもうるさく言っているでしょう。あなたときたら、しじゅう誰かが背後でせっつかなければ、朝から晩まで子供みたいにだらだら遊び暮らしてしまうんだから。もちろん、哀れなモンマスの怠け癖はもう病気です。この異常な事態への反応を見ればわかるでしょう。あの子はただの悪ふざけじゃないかと考えてるの。少しでも身体を動かすよりは、寝床で焼け死ぬほうがましなんですよ」

「寝床で焼け死ぬ？」キャンピオンはぎょっとして言った。

「あら、ありえないことじゃないでしょう？」シャーロット大伯母の視線は揺るがなかった。「由々しき不法侵入はすぐにも火災につながりかねません。そんなことは、さして想像力を使わなくてもわかります。あなたは調査の達人だとか聞いているけど、どうも今のところ、わたしとしては、その仕事ぶりにいたく感銘を受けたとは言いがたいわね。昨夜はあなたが十時にうちの屋敷へ着くまで五通も電報を打ち続けたわ。そのあと、ほとんど夜じゅうかかって今回の異常な事態を説明し、朝早くに百四十マイルも車を飛ばして来たというのに、あなたときたらどう？　まだ何ひとつ見つけていないじゃないの」

キャンピオンはたじろいだ。

「しかし、いろいろ考えてはみたんですがね」といかめしく言う。「ごく率直なところ、伯母様、もしもあなたというかたを存じあげなければ、これはいったい何の冗談かと思いはじめてるところです」

「それはどういう意味か、きちんと説明してもらえるかしら？」

キャンピオンは怖気《おじけ》づいたりはしなかった。長い過酷な朝をすごし、忍耐も限度に達しかけていたのだ。

「だって、何も盗られていないんですよ。そういう話は決まって、うさん臭く見えるものです。今ここで下品な言いがかりをつける気はありませんがね。夜盗に遭ったのに何も盗られていないという場合、警察は常にその家の主《あるじ》に深い不信の目を向けるものです」

シャーロット大伯母は笑みを浮かべた。

「そうでしょうとも」落ち着きはらった口調だ。「だから警察には知らせなかったのよ。だからこそ、あなたを呼んだんです。また一からぜんぶ説明させたいの？」

「いや」キャンピオンはあわてて言った。「けっこうですよ。事情はすべて、これ以上ないほどはっきり理解しているつもりです。ええと、あなたは昨日もどられるまで、二週間ほど屋敷を離れ――」

「そのとおりよ。トンブリッジ・ウェルズ（英国南部の高級温泉リゾート地）に滞在していたの。ドロシーを連れてね。ベドフォード州の姉の家に行っていたモンマスも、後半の週は一緒にすごしたわ」

ひとたびシャーロット大伯母が話しはじめたら、もはやとどめるすべはない。ある種の古いオルゴールと同様に、音がやむまで聞いているしかないのだ。

「ほかの二人のメイド、フィリスとベティは、留守中のお給金と食費を持たせて実家へ帰したわ。屋敷は閉めきられていたし、庭師たちもむろん、夕方の五時以降は敷地に足を踏み入れていません」

キャンピオンはうなずき、考え込むように言った。「あそこは古い屋敷だからな。入り込むのはわけもないだろう」

「〈ウェイヴァリー邸〉はすばらしい家ですよ」と老婦人。「梁《はり》の一部は六百年近くまえに作られたはずだわ。それもわたしがあそこを買った理由のひとつなの。二十年以上まえに初めてあそこを見つけたときは、モンマスもいっぱしの興味を示したものよ。とはいえ、あの家の古さを話しても何にもなりません。問題はそんなことじゃないんですから。ともかくわたしは昨夜、客間に足を踏み入れるなり、留守中にあの部屋が無断使用されたことに気づいたの」

大伯母はしばし言葉を切った。毎度話のこの部分にさしかかると、劇的効果を狙ってそうするのだが、キャンピオンはもう黙って聞いてはいなかった。

「まあ、おっしゃるとおりなんでしょうけど。そうしたことはえてして、思いすごしだったりするものですよ」

「うちの客間の場合はちがいます」老婦人は頑として譲らなかった。「あなたも知ってのとおり、あそこには誰も勝手に入ることを許されていません。ドロシーでさえ、わたしがいなければ掃除しようとしないほどですよ。大事なスポードの磁器や父の勲章が置いてある、神聖きわまる部屋ですからね。もちろん、誰かが使えばすぐにわかります」

「それはたしかなんですね？」

「間違いありませんとも」レディ・シャーロット・ローンはジッパーでもついているかのように、きゅっと唇を引き結んだ。しばし沈黙が流れ、やがてついに、彼女は口にするのもはばかられる犯罪だとばかりに声を低めて言った。「わたしのクルミ材のサイドテーブルにグラスの跡がついていました。いやらしい白茶けた円形の跡で、すぐに気づきましたよ。それに、石炭入れに煙草の灰が入っていたし、もちろん、例の便箋も残されていた――あなたはよもや、あの便箋を無視するつもりじゃないでしょうね？」

キャンピオンは口ごもった。そう、たしかに彼女の言うとおり、あの便箋の件がある。あの便箋こそが謎なのだ。苛立たしい朝をすごし、堪《た》えがたい夕べを迎えようとしている真昼の今も、あの便箋が現に大伯母のクルミ材の書き物机《ライティングビューロー》の中にあったことの説明がつかないのは認めざるを得ない。

キャンピオンは札入れを取り出し、〈ウェイヴァリー邸〉の客間から持ってきた半ダースほどの薄青い上質紙を抜き取った。そして、その上部に印刷された住所――シャーロット大伯母が自《みずか》ら息子と若い親族を従え、ケント州からサセックス州へと乗り込むきっかけとなった、浮き出し模様入りのレターヘッドにあらためて目をやった。やはりそうだ。悪趣味な古めかしいゴシック体の文字で、はっきり、黒々と印刷されている。

〈灰色小孔雀荘《グレイ・ピーコック》〉

サセックス州

ホーシャム近郊

リトル・チタリング村

「夜盗であれ何であれ」大伯母が言った。「誰かがわたしの書き物机に向かい、持参の便箋で手紙を書いたんですよ。わたしはそんなまねをした人間に会いたいの。さあ、こうしてみんなでここに来たんです。その家を見つけるぐらいお安い御用でしょう」

細身の男は部屋の奥の大伯母を見やり、大きな口を力なくゆがめて笑った。

「ところが、郵便局の人たちもそんな屋敷は聞いたことがないんです」彼は悲しげに言った。「局長の女性はここに赴任して十五年になるけれど、灰色どころか、どんな色の孔雀《ピーコック》についても聞いたことがないそうですよ」

「ではちがう村に来てしまったんだわ」

「まあ、当然ながらぼくも初めはそう思いましたがね。そっちもはずれみたいです。サセックス州にはリトル・チタリング村はひとつしかなく、ここがそれなんです」キャンピオンはしばしためらい、ついに切り出した。「ねえ、伯母様、どうか気を悪くなさらないでほしいんですが、やっぱりこんな騒ぎはまったく馬鹿げてますよ。考えれば考えるほどモンマスの言うように、何やら見当違いのおふざけだとしか思えないんです。それに文具商はときおり、架空の住所を印刷した便箋の見本をほうぼうに送りつけたりするんじゃないのかな」

「そうかもしれませんけど、いちどに半ダースも送ったりはしません」シャーロット大伯母は軽蔑を隠そうともしなかった。「その便箋はたしかに、わたしの机で手紙を書こうとした人間が残していったものです。この目に狂いはありません。ここがサセックス州のリトル・チタリング村なら、かならずどこか近くに〈灰色小孔雀荘〉と呼ばれる屋敷があるはずです。さっさと捜しにいらっしゃい。そしてそこを見つけたら、わたしが所有者たちを訪ねられるように車で迎えにもどるのよ。彼らに言ってやりたいことがあるんです。自分のしたいことはちゃんとわかっているし、それをやり終えるまで、ここを離れるつもりはありません」

もう下がってよろしいとばかりに大伯母がこくりとうなずいたので、キャンピオンはふたたび階下へ向かった。苛立ちはつのるばかりだった。この件にはどう見ても何かごく単純な理由があるはずなのに、今のところ、まったく思いつかなかったのだ。

酒場がようやく開いたのを見つけた彼は、傷跡だらけのオーク材のカウンターにもたれ、暗い目つきで考え込むようにグラスの中身に見入った。どうにもわけがわからなかった。およそ正気の犯罪者なら、たんに偽の住所が印刷された便箋の束を客間の机に残していくために空き巣を働くとは思えない。

〈白獅子亭〉の亭主は同情的だったが、彼も女将《おかみ》も役には立たなかった。まだここに来て十五年にしかならないのだと二人はあやまるように言い、ともかくその間《かん》、リトル・チタリングにも近隣のどこの村にも、〈灰色小孔雀荘〉と呼ばれる屋敷はなかったと言い添えた。

キャンピオンはやむなく調査をあきらめた。こうなれば、シャーロット大伯母の興味をしばべつのことにそらし、その間に何とかまぎらしい理由をつけてロンドンへ逃げ帰るしかない。ところが、そのための入念な計画を立てはじめたとき、驚くべきことが起きた。

外の埃《ほこり》っぽい道路でキーッと車のとまる音がしたかと思うと、一人の娘——キャンピオンが決して無駄にはすごさなかった長い青春時代にも、めったに出会わなかったほどの美女だ——が酒場のドアから首を突き出した。そして、はっきりこう口にしたのだ。

「すみませんけど、どなたか〈灰色小孔雀荘〉への道順をご存じかしら？」

たちまち、内輪の仲間でいっぱいの部屋にぽんと質問が投げかけられたときにつきものの、あの長い沈黙がただよった。

キャンピオンは髪が逆立つのを感じ、疑わしげにさっとグラスを見おろしたあと、ふたたび戸口に目を向けた。だが娘はまだそこにいて、彼の視線をまっすぐ受けとめ、ご丁寧にもまたもや、例の屋敷の名前を口にした。

「〈灰色小孔雀荘〉よ」

誰もすぐには答えなかった。そこここでうつろな視線が交わされ、ぼそぼそ否定の言葉が聞こえたあと、窓辺のカーテンの背後で、誰かがけたたましい笑い声をあげた。

いとも愛らしい客人へのその無礼な態度には、周囲のみなが憤慨したようだ。ほどなく、ぼろぼろの山高帽とピンクの襟なしシャツといういでたちの赤ら顔の老人が、カーテンの陰から引きずり出されてきた。

「ほらほら、リチャートさんよ」酒場の亭主がたしなめた。「何か言いたいことがあるなら言いなさい。あんたはその家がどこにあるか知ってるのかね？」

リチャート氏はふたたび笑いはじめた。燃えさしの薪《たきぎ》の中にでも見つかりそうな顔だった。真っ赤に火照《ほて》った頰から、灰色の顎鬚《あごひげ》と口髭がひらひら垂れさがっている。

「さあ、馬鹿なまねはやめて」かたわらの気むずかしげな男が言った。「何か知ってるならこのお嬢さんに話し、そうでないなら、これ以上は恥をさらさんことだ」

リチャート老人は笑うのをやめて、いまいましげに娘を見やり、あきらかに悪意のこもった甲高い声で一本調子にとなえた。

「この道の半マイルほど先に白い両開きの木戸がある。その中には入らず、まっすぐ進み続けると水車小屋に出くわす。そこで脇道に折れ、森の中を抜けていくと、古い石の門柱が見つかるはずじゃ。そのあいだを進めばたぶん〈灰色小孔雀荘〉に行き着くだろう。わしが最後にあの門の中へ入ったときには、あの屋敷はそこにあったでのう」

「まあ、ありがとうございます。お邪魔してほんとにごめんなさいね」娘はぱっときらめく歯をのぞかせて老人に笑いかけ、部屋じゅうに騎士道精神が満たされた喜びを残して立ち去った。

リチャート氏はふたたび窓辺の席に這《は》いあがり、外の道路に目をこらした。「山のような荷物だぞ」嬉々としてほくそ笑んでいる。「大きな車に山と荷物を積んでロンドンからやってきたとみえる」その光景がたまらなかったのか、老人は長椅子に仰向けになり、息が詰まってどんどん背中をたたかれるまで笑いころげた。

「どうかしちまったようですな」亭主がキャンピオンに言いながら、カウンターの奥から進み出た。「たしかあれはお客さんがお捜しの家じゃなかったですか？ そら、リチャートさん、そんなに興奮せんで。頭に血がのぼっちまうぞ。いいから、こちらの紳士に話してあげなさい。こちらも、あんたがさっきお嬢さんに教えてやったあの家を捜してなさるんだ」

この最後のくだりがよほどこたえたのだろう、リチャート老人は涙を流し、ハアハア息を切らしながらカウンターにもたれかかった。ピエロのようにゆがめた口から、かすかにヒクヒク笑い声をあげている。それでも、亭主が怒りをあらわにすると老人はどうにか立ちなおり、ついにはキャンピオンの車に同乗し、その屋敷まで道案内することを承知した。

いざ車に乗り込むと、リチャート老人はがぜん寡黙になった。耳でも遠いのか、それでなければ、何とか会話を進めようとするキャンピオンの努力を小馬鹿にしているようだ。落ち着きはらった赤ら顔で、ぴんと背中をのばして助手席に腰をおろした老人は、ときおり腹の底からこみあげる笑いに全身をわななかせている。

いったい何がそれほどおかしいのかといぶかりながら、キャンピオンは黙々と車を走らせた。

白い木戸を通りすぎ、水車小屋のまえで脇道に折れて森の木々のトンネルの中をしばらく進んでゆくと、不意に同乗者がしわがれ声をあげた。キャンピオンは車をとめた。緑の木立ちの中に薄暗い隙間があり、ぼうぼうにのびた草むらに二本の古びた石柱がかろうじて見えている。

「ここですか？」キャンピオンはいぶかしげに尋ねた。

「ああ」リチャートは押し殺された興奮に声を震わせた。「ここが〈灰色小孔雀荘〉じゃよ。あの門柱の苔をこそぎ落とせば、その名の由来となった鳥の絵が見えるはずだがな。さあ、中の私道に入って」

キャンピオンが門の中へとじりじりカーブを切りはじめたとき、もう一台の車が奥から飛び出してきた。すんでのところで急ブレーキをかけた二台の車の鼻先は、二インチと離れていなかった。フロントガラスの向こうをすかし見たキャンピオンが目にしたのは、黄色い髪の怒り狂った顔と、その背後に山と積みあげられた荷物だった。憤怒《ふんぬ》に青ざめた娘は、大きな黒い両目をいまいましげに燃えたぎらせている。彼女は重みにあえぐ車を当てつけがましく慎重にバックさせ、キャンピオンの真横までゆっくり進ませた。

「さぞかし愉快なジョークのつもりなんでしょうね」嚙みつくように口にされた言葉は、悪意に満ちていた。「ほんとに、あなたたちには心底ムカつくわ。穴にでも落っこちて、し……死んじゃえばいいのよ」

最後の部分の声の震えで動揺があらわになり、キャンピオンのかたわらでリチャート老人が勝ち誇った叫びをあげた。

娘はさっと顔を赤らめ、身の縮むような嫌悪の目で彼ら二人を一瞥《いちべつ》すると、ギアを入れて猛スピードでキャンピオンの車の背後をまわり、土埃と小石を跳ねあげながら木々のトンネルの奥へと消え去った。

キャンピオンは何とも無念な思いで彼女を見送った。初対面の女性にこれほど悪印象を抱かれたのは、ついぞ記憶にないことだ。彼はリチャート老人に向きなおり、「いったい何のおふざけなんですか?」と問い詰めた。

歓喜に酔いしれていた老人は、やっとのことでわれに返ると、さらなる楽しみを思って顔を輝かせた。

「いいから、そら。車を進めてみろ」

キャンピオンは大きな愛車を草ぼうぼうの小道へ乗り入れた。苔むした砂利道の左右からは、イバラとゲッケイジュが枝先を触れ合わさんばかりにのびている。草木があまりにのび放題になっているので、淡い緑に染まった真昼の光は頼りなく薄ぼんやりとしていた。となりでリチャート老人が期待に震えおののくのを感じ、不意に、ひどくいやな予感に襲われた。

「ちゃんと説明してくれたほうがいいんじゃないのかな?」キャンピオンは穏やかならざる口調で言った。

「いや」同乗者は期待に身もだえし、あえぎながら言った。「いいから車を進めろ」

キャンピオンは答えなかった。小道がとつぜん折れ曲がり、進路に落ちた枝を避けるのに気を取られたからだ。一瞬後には力いっぱいブレーキを踏み、馬鹿でかい車を急停止させていた。

彼らの前方、私道のどん詰まり、普通なら屋敷が建っているはずの場所に、大きな長方形の穴がぽっかり口を開けていた。ところどころに水がたまり、見るも無残に雑草がはびこっている。

キャンピオンはリチャート老人に冷ややかな目を向けた。ついにこの悪ふざけの山場が訪れた今、もはやそれを楽しむ余力すらなくした老人は、嬉々とした顔をちょっぴり苦しげにゆがめ、どんよりした目で座席の中で身を乗り出している。

「これが〈灰色小孔雀荘〉ですか？」キャンピオンは尋ねた。

「その屋敷があったところさ」とリチャート。「今はなくなっちまったが」

「そのようですね。なくなったのはいつのことです？」

「わしがまだ若かったころじゃよ。当時の所有者が何とかいうアメリカ人に売っ払い、そいつが家を取り壊したのさ。そのころにはもう、ただの古い廃屋だったがな。あれからかれこれ、二十五年はたつだろう」

「二十五年……」キャンピオンはおうむ返しにつぶやいた。とても正気の沙汰とは思えない、と言わんばかりに。「で、そこは当時は〈灰色小孔雀荘〉と呼ばれてたんですか？」

「いや。この土地を農場にしてた男の名をとって、〈プレイルの農場〉と呼ばれてた。

だがそれより何年もまえに、村の爺さんがあの門柱に彫られた鳥の絵を指さして、以前はこの屋敷は〈灰色小孔雀荘〉と呼ばれてたと話してくれたんじゃ。どのみち、取り壊されちまったが。それであんたとあの嬢ちゃんがここに来たがっとるのを知って、大笑いせずにはいられなかったのさ。あんたがたの行きたがっとる家は、とうに壊されちまったんだからな」

「じつに愉快な話ですね」キャンピオンはとげとげしく言った。「それじゃ、ご自宅までずっと笑いながら帰ったらどうですか?」

公平に見て、リチャート老人はびくともしなかった。よそ者からせしめた五シリングをポケットにおさめて四マイルほど歩くのは、むしろ楽しいぐらいだったのだろう。ユーモアを解する者ならではの軽快さですたすた小道を進みはじめた老人を尻目に、キャンピオンはその場をあとにした。

スピードの出る愛車を飛ばしていると、森のはずれの分岐点で例の娘に追いついた。路傍の草むらに車をとめた娘は、運転席で何かの本を読んでいるようだった。騙されるなよ、とキャンピオンは胸に言い聞かせた。若い美人が車の運転席で小説を読んでいたところで、少しも驚くには当たらない。たとえ彼女があきらかに涙に暮れていて、その車には寝具一式まで含め、彼女の所帯道具がごっそり積み込まれていても……。

キャンピオンは車をとめ、猛然と食ってかかられるのを待った。

だがそうはならなかった。かわりに思いもよらない一撃を受け、狼狽《ろうばい》しきって彼はあえいだ。娘は彼を見ると、懸命にまばたきしてあふれ出る涙をこらえ、痛々しく洟《はな》をすすりあげたのだ。

「ああ、もうからかうのはやめて」彼女は言った。「こちらは疲れきってるうえに、みんなが来るまえにやらなきゃならないことが山とあるのよ。あのいまいましい屋敷はいったいどこなの？」

キャンピオンは自分がここへ来た経緯を、ざっとかいつまんで話した。説得力たっぷりの、うんざりしきった口調で。

「というわけで、われわれの共通の友人であるリチャート氏——あの笑い上戸《じょうご》の老人以外は誰ひとり、そんな屋敷は聞いたこともないらしいんだ」彼は悲しげにしめくくった。「そしてそのリチャートが言うには、廃屋となった〈灰色小孔雀荘〉は二十五年ほどまえに、そこを買ったアメリカ人に取り壊されたそうだよ」

「あら、でも、少なくともその点は彼の思いちがいよ」娘は読んでいた本のページに運転免許証をはさみ、打ちとけた口調で言った。「それはたしかだわ。わたしは十日まえにあの家に行ったばかりだもの」

「ええっ？」

彼女はにっこりし、「それがいちばん頭にくるとこなんだけど」と、無邪気に先を続けた。「母とわたしは金曜の晩にその家を見にきたのよ。もちろん、外はもう暗かったけど、家の中をくまなく見たあと、また車で街まで送ってもらったの」

「誰に？」

「ミスタ・グレイよ。彼がロンドンから連れてきてくれたの。その家の所有者なのよ」

「きみは〈灰色小孔雀荘〉のことを言ってるんだろうね？」自分の声がみるみる弱々しくなってゆくのがわかった。

「あら、そうに決まってるでしょ」娘はあきらかに、彼のことを異様な薄のろとみなしたようだった。「だから腹が立つんじゃないの。ちゃんと住所はわかっているし、行ったこともあるのに、その家を見つけられないなんて。そりゃあ、夜には道路がちがった感じに見えるものだし、グレイさんの大きな箱型の車は窓が閉めきられていた。それでもどうにか一人で行ける自信があったから、あそこの準備はまかせてと母に言ったのよ。明日には使用人たちが汽車で着くことになってるわ。仕事が山ほどあるはずなの。来週、母がほかの人たちを連れてくるまでに、塵《ちり》ひとつない状態にしておかなきゃならないんだもの」

「ほかの人たちというと？」巧妙に探るのをあきらめ、キャンピオンは問いただした。

「もちろん、あそこを借りるアメリカ人たちよ。わたしたちが休暇用の家にそんな大金をはたけるはずはないでしょ？」

キャンピオンの足元の大地が揺らぎ、ガタガタ震え、不気味にぴたりと停止した。彼は車をおりて娘に近づいた。

「ええと。暗い話はしたくないけど、まだいくらかでも現金を渡したりはしていないだろうね？」

娘はどぎまぎするほど若々しくて率直な、つぶらな黒い目で彼を見つめ返した。瞳の奥に、かすかにぎょっとしたような表情を浮かべて。

「グレイさんに頭金を払ったわ。総額の半分の。一週間につき十七ギニーで六週間分よ。ねえ、何かまずいことがあるわけじゃないわよね？　だってそれは彼ら――つまり、そのアメリカ人たちのお金なの。母とわたしはすごく切りつめた生活をしてるのよ。そんなお金、とてもじゃないけど――」はたと言葉を切って笑い声をあげ、「いやだ、馬鹿みたい。あなたのおかげで一瞬ぞっとしちゃったわ。ところで、あなたは誰なの？　力になれないのなら、もう行って。それにしても、おかしな話よね。だってあそこは――何て言うか――有名なお屋敷なんでしょう？　だからパンフレットみたいなものはもらってないし、仲介業者も持ってなかったのよ。ほら、ここにぜんぶ載ってるわ、住所も何もかも。それで行き方を調べようとしてたんだけど、それは書いてないのよね」

彼女がさっきまで読んでいた本をさし出すと、免許証のはさまれたページが開いた。キャンピオンは興味津々でその本を受け取った。一八七〇年代に刷られた古めかしい出版物で、『英国の庭園を彩る隠れ家』なる微笑ましい題名がついている。構成はごくシンプルで、全体が数十章に分けられ、それぞれの章でひとつずつカントリーハウスが紹介されていた。興味深い特徴、大まかな歴史、そして建物の一部を描いたペン画。サセックス州、ホーシャム近郊、リトル・チタリング村の〈灰色小孔雀荘〉には、かなりのページが割《さ》かれている。

キャンピオンは仔細に描かれた、羽目板張りの玄関ホールのスケッチにしばし見入った。

「きみは先週の金曜の晩にここに行ったというんだね、ミス――ええと――？」

「マーフィよ」娘は快活に名乗った。「アン・マーフィ。ええ、行ったわ。母と一緒に。先週じゃなくて、そのまえの金曜日にね。仲介業者にこの本を見せられたとたんに、母もわたしも、まさにそのアメリカ人たちが大喜びしそうな家だと思ったの。それでグレイさんが滞在していた〈コスモポリタンホテル〉に電話すると、今すぐ会いにこないかと言われてね。そこでしばらくおしゃべりしたあと、彼がその家を見せに連れていって、ご親切にこの本を貸してくれたの。とてもすてきな家だった。その階段の下の小さな犬用の扉が見える？　何と、それもまだ残ってるのよ。そっちのドアは、すごくきれいな客間に続いているの」娘はふと言葉を切って、ため息をついた。「まさに理想の家よ、たしかにね。だけど、あそこを借りたことをちょっぴり後悔しているの」

「そうなのかい？　どうして？」キャンピオンはやけに勢い込んで尋ねた。

娘は肩をすくめた。「ああ、つまらないことなのよ。そんなことを考えるだけでもどうかしてるわ。ただ、母が今朝になって学校時代のお友だちから、家を貸したいとかいう話を聞いたの。ちょっぴり残念なことにね。だってそちらも同じぐらい古いお屋敷で、賃料はもっと安そうだから、こちらには好都合だったはずなのよ。ほら、母とわたしは何もかも一定の金額で請け負ってるから。依頼人の男性は母の旧《ふる》い知り合いなんだけど、奥さんに先立たれて、今回は成人した二人の息子さんと狩猟をしにきたの。それで当然ながら、母はみんなが感心するような家を用意して、快適にすごさせてあげたがっているわけ。母子《おやこ》そろってろくな仕事のできない馬鹿には見られたくないしね。どうしてこんなことまであなたに話してるのかわからないけど、こんなふうに家が消え失せちゃうなんて、ずいぶん妙な話じゃない？」

キャンピオンは〈灰色小孔雀荘〉の章の冒頭に掲げられたスケッチをふたたびちらりと見ると、薄青い両目に厳しい表情を浮かべてその本を娘に返した。

「で、頭金はグレイ氏に直接支払ったのかい？」

「ええ、そうよ。彼はじきに海外へ発つ予定で、だからほら、そんな〝ちょっとした処理〟は今すぐすませ、仲介業者にはあとで自分から伝えるほうがみんなの手間がはぶけるだろうって。彼はわたしたちの身元を証明するものがないのは気にしなかったし、こちらも目当ての屋敷を見られたわけだから、彼の身元を疑ったりはしなかった。だって、わたしたちは当の家の中にいたのよ。そんなわけで母はグレイさんに小切手を渡し、あちらは〈灰色小孔雀荘〉の住所が刷られた便箋に受領証を書いて渡してくれた。それで問題はないように思えたの」

ここしばらく何やらしきりに考え込んでいたキャンピオンは、さっと片手をさし出した。

「じゃあね、ミス・マーフィ」彼はだしぬけに言った。「そこがうまいこと見つかるように祈ってるよ。ただし、まんいち見つからなかったら、もういちど仲介業者に会いにいってみたまえ。そうすれば、いつでもグレイ氏を見つけてもらえるはずだ」

握手に応じた娘は、彼が卑怯にも自分を見棄てていこうとしていることに、いささか傷ついたようだった。たしかに不意の別れだった。けれども、キャンピオンは心ひそかに彼女の世話を三人の雄々しいアメリカ人たちに託し、くるりと背を向けた。

そして自分の車に乗り込むと、きっと前方を見すえ、手もふらずにその場をあとにした。

モンマス小父は気のない態度で彼を迎えた。今ではマフラーをはずし、冷えきった部屋で椅子にすわり込んでいる。化粧テーブルには飲み物が乗った小さなトレイが置かれていた。

「おい、キャンピオン、いつまでこんなボロ宿にいなきゃならんのだ?」彼はキャンピオンが部屋に入りきるのも待たずに問い詰めた。「これじゃ、死ぬほど風邪をこじらせちまうぞ。そうに決まってる。ぜったいこんなところへ来るべきじゃなかったと、おふくろにも言ってやったところさ」

「心配は無用です」キャンピオンはそっけなく答えた。「あなたは今すぐここを発つんですからね」

「本当か？」小男はぱっと椅子から立ちあがってマフラーをつかんだ。「家に帰れるんだな？」

「いや。ロンドンへ行くんです。それはそうと、例の金はまだ手元にあるんでしょうね？　さもないと、あなたはかつてないほど長く家から離れてることになりますよ」

モンマス小父は撃たれたクマのように身を凍りつかせた。

「ほう？」と用心深く尋ねる。「何の金かな？」

「週に十七ギニーの六週間分ですよ、グレイさん」

長く気まずい間《ま》があった。

「それで？」やがてようやく、モンマスはあっぱれとも言うべきはったりをかました。「ちょっと訊かせてもらうがね。あのささいな過ちについて、おまえが何を知ってるというんだ、え？」

キャンピオンは容赦のない笑みを浮かべた。

「ぼくはあなたがシャーロット伯母様の屋敷、〈ウェイヴァリー邸〉を気の毒な母子《おやこ》に貸したことを知ってます。〈灰色小孔雀荘〉と呼ばれる、由緒ある屋敷だという虚偽のふれこみで。あなたは彼女たちを車でケント州へ連れてゆき、あたりが暗いのをいいことに、サセックス州へ来たのだと思い込ませたんですよ」

「まるでちがうぞ」太った小男はかぶりをふった。「それほど頭のよさをひけらかすなら、きちんと話を理解しろ。あくまで事実に即してな。あれは虚偽のふれこみなんかじゃない。〈ウェイヴァリー邸〉はじっさい、〈灰色小孔雀荘〉なのさ。おれはずっとまえから知っていたがね。一九一四年に何とかいうアメリカ人が元の〈灰色小孔雀荘〉を買い、海の向こうで再建すべく、ひとつずつ解体した煉瓦《れんが》や梁を番号つきのケースにおさめた。それ自体は、めずらしいことじゃない。アメリカ人たちがしじゅうしてきたことだ。だが、この場合は戦争が起きて輸送が不可能になり、戦後は所有者が死んでしまった。そこで遺言の執行者がその荷物をとある建設業者に安値で売り払い、その業者が今の場所に建てなおしたのさ。〈灰色小孔雀荘〉なんて馬鹿げた名前だと考えたそいつは、その家を〈ウェイヴァリー邸〉と名づけて売却したわけだ。おれはあそこが過去に移築されたことを知ってたんだが、あるとき友人の家の図書室で古い本をぺらぺらめくっていると、〈灰色小孔雀荘〉の記事の中に、うちの玄関ホールのスケッチが載ってるのに気づいたんだよ」

「そこでその本をくすね、伯母様がしばらく屋敷を離れるや、この愉快なペテンに着手したってわけですね」キャンピオンは口をはさんだ。「姉の家に滞在しているふりをして〈コスモポリタンホテル〉に泊まり、仲介業者に会い、車を借りて、すべてをやってのけたんでしょう?」

モンマス小父は威厳たっぷりに答えた。

「たしかにおれはあの本を借用したかもしれん。それは認めよう。だが〝ペテン〟とは聞き捨てならないぞ。いいか、キャンピオン、そんなふうに言われるのはじつに心外だ」

「憤慨するのはご自由ですが」彼の親族は快活に言った。「早くコートを着て、小切手帳を見つけてください。これからその仲介業者のところへ行くんですから」

「仲介業者のところだと?」年上の男は食ってかかった。「いったい何のために?よりにもよってそんなところへ行くとは問題外だ」

「頭金を返却すべきです」キャンピオンは懸命に訴えた。「馬鹿なまねはやめてください。さもないと刑務所行きか、シャーロット伯母様にばれてもっとひどい目に遭いますよ」

くるりとふり向いたモンマスの小さな両目は飛び出さんばかりだった。

「何てこった、おふくろはあの人たちに会ったのか?」小男は肩を丸めて両手を深々とポケットに突っ込んだ。「こんな話がばれたらえらいことになるぞ。そいつは考えてもみなかった」ぽつりと言って、テーブルの端に腰をおろした。

キャンピオンは誰に対しても――ましてや、自分の父親ほどの年齢《とし》の男に――説教などするタイプではない。けれどもここは、寡婦とその娘から金を巻きあげることの見苦しさについて、少々言ってやる義務を感じた。しかつめらしく黙りこくって聞いていたモンマス小父は、話が終わると立ちあがった。

「いいだろう」と、モンマスは神妙に言った。「よし。金はそっくり返そう。あんなまねはすべきじゃなかったよ。今じゃよくわかる。目からウロコの気分だ。おまえが語ってみせた哀れなか弱い女性たちのことを思うと、自分の早まった行為が悔やまれてならない。どのみち、アホらしい気分になっていたのさ。なにせこうして朝からずっと、あの二人のどちらかが入ってきやしないかとビクつきながら、顔を隠してぶらしてるしかなかったんだからな。まったく、キャンピオン、おれは馬鹿な悪党だった。あれはろくでもない犯罪行為だったよ。自分が恥ずかしくてならないね。あんな見下げたふるまいはすべきじゃなかったよ」

よどみない自責の言葉が途切れると、こんな反応を予想だにしていなかったキャンピオンは居心地悪げにシャツの襟をゆるめた。

モンマス小父はロンドンへの道中ずっと、悔恨に暮れたように押し黙っていた。ようやく車が市街に近づくと、やおらかぶりをふった。

「いかに偉大な犯罪者でも致命的なミスを犯すものさ、キャンピオン」彼はおごそかに言った。「これまでずっと、何がおれの心に重くのしかかってたかわかるか？　じつに由々しい、腹の立つ考えだ。くそっ、あの印刷入りの便箋をおふくろの机に置き忘れるようなドジさえ踏まなきゃ、みごとにやりおおせてたはずなのさ」

見えないドア

Unseen Door

ロンドン市内の、蒸し暑い、日曜の午後のことだった。ペルメル街の社交クラブ〈プリニーズ〉のビリヤード室は、しばしば壮麗な霊廟《れいびょう》になぞらえられてきたものだが、はからずも今はまさに墓場と化していた。

スタニスラウス・オーツ警視はもういちど床の上の死体を見おろし、おりしも室内に通されてきたアルバート・キャンピオン氏に小声で毒づいた。

「どうも奇跡的事件ってやつは気に食わん！」

キャンピオンはそっとシーツをめくり、おぞましい顔をのぞいた。

「ご当人だって、こんな奇跡はごめんこうむりたかったでしょう」角縁《つのぶち》眼鏡の奥の薄青い目が厳しい光を帯びた。「絞殺かな？　ああ、やっぱり……背後から、強靭《きょうじん》な指でやられてる。ひどいものだ。誰のしわざだろう？」

「目星はついているんだ」オーツは語気を荒らげた。「何か月もまえからこの人物を殺してやると公言してたやつがいるんだよ。ところが、そいつはここにはいなかった。それできみを呼びにやったのさ。きみはこの手の四次元の犯罪が好みだからな。わたしは好きじゃない。ところで、ここへあがってくるときホールで誰かを見かけたか？」

「四十人近い警察の専門家たちと、二人の動揺しきったご老人を見ましたよ。ご老人はどちらも弱々しげでした。彼らは誰なんです？　証人ですか？」

警視はため息をつき、「まあ聞いてくれ。このクラブは目下、清掃作業のために大部分が閉鎖されている。施錠されていないのは、階下の玄関ホールと二階のこのビリヤード室だけだ。そして館内には守衛のバウザーと、ビリヤードの得点記録係のチェッティという足の不自由な小男しかいない」

「ぼくが見かけた二人ですか？」

「そうだ。守衛のバウザーは朝からずっと玄関ホールにいた。彼はクラブ街の名物男でな。ここに出入りするあらゆる人間を知っていて、決して間違えないという評判だ。難攻不落の証人になること間違いなしさ」

「噂は聞いてます。さっきぼくが入ってきたときも、やけに疑わしげな目でにらんでいましたよ」

「それがあの男の流儀なのさ。誰にでもそうなんだ。ああした年寄りの看板男はえてして、少々もったいをつけたがるものだがね。何と言っても、バウザーは四十年間もここで一目置かれてきたんだ。たしかに老いぼれではあるが、いちど見た顔は決して忘れない」

「頭が痛いですね。で、これは誰なんです？」キャンピオンは二人の足元の白い小山をさし示し、「ただの不運な会員ですか？」

「そいつはな」オーツはそっけなく答えた。「ロバート・フェンダーソンといって、ウィリアム・マートンの罪を暴いた男だよ」

キャンピオンは押し黙った。ウィリアム・マートン失脚のニュース――あまたの山師たちを破滅へと導いた、金融業界の大立者《おおだてもの》が逮捕されるにいたった一幕――は、まだ世間の記憶に新しい。有罪となったマートンは、刑務所へ連行されるさい、裁判官と陪審員と証人たちを等しく大声で脅しつけたという。幾重《いくえ》にもたるんだあごとぎらつく目をした彼の写真は、あらゆる新聞の紙面を飾っていた。

「マートンは昨夜、脱獄したんだよ」

「へえっ、驚いたな！」キャンピオンは眉をつりあげた。「彼はここの会員だったんですか？」

「逮捕されるまではな。やつはこの建物を我が家も同然に知り尽くしている。おまけに、今朝がた誰かが被害者に偽のメッセージを送り、午後の三時にここでクラブの事務長と会うように言ってきたのさ。当の事務長はこの週末は遠くへ出かけており、そんな話はいっさい知らんそうだ。というわけで、キャンピオン、こいつは見えすいた事件なんだよ――ただしマートンは窓から飛び込んだのでもないかぎり、ここには来ていない」

キャンピオンはこの暑さにもかかわらず、しっかり閂《かんぬき》がかけられた両開きの窓に目をやった。

「犯行後にまたそこから飛び出したとも思えませんしね」

「そのとおり。それに、身をひそめる場所もなかった。バウザーは昼食後に館内をくまなく調べたが、人っ子一人いなかったと断言している。その後も、彼がずっと戸口で頑張っていた。午後のあいだにやってきた会員は一人きりで、それがこのフェンダーソン。ほかに館内に足を踏み入れた唯一の人間はチェッティだ。あんな猫一匹も絞め殺せそうにないほどひ弱なやつに、フェンダーソンみたいな猪首《いくび》の男を殺《や》れるわけがない。にもかかわらず――守衛の詰所からは通りに面したドアとホールの奥の階段、それにここのドアがきれいに見通せるんだがね。バウザーは居眠りしたことも席を離れたこともないと言い張ってるんだよ。いくら揺さぶりをかけても譲らない」

「そこまで強硬な態度を取るなんて、何かマートンに借りでもあるのかな？」

オーツは苛立《いらだ》ちをのぞかせた。「当然ながら、それはこちらも真っ先に考えたがね」と皮肉たっぷりに言い返し、「どう見てもその逆だ。むしろ、バウザーはやつに恨みのひとつも抱いていそうなところなんだよ。マートンは逮捕される直前に、あの守衛について苦情を申し立てているのさ。クラブの会員と職員のどちらが先に〝おはよう〟の挨拶をすべきかといった、つまらんいざこざの件で。マートンはその手の威張りくさったやつで、もともと弱い者いじめが好きなんだ。バウザーはとっつきにくい偏屈な老人ではあるが、事実を語っていると見て間違いない。彼はこの午後、マートンを目にしてはいないのさ」

キャンピオンは広々とした室内に視線をめぐらせた。壁には玉突き棒《キュー》のラックがずらりと並び、ひとつだけぽつんと書棚が置かれている。

「そうなると、頼みの綱は例の足の不自由なスコアラーってことになりそうですね」キャンピオンは言ってみた。

「あのいまいましい、ちびの阿呆めが！」警視は怒りを爆発させた。「チェッティは何の助けにもならん。すっかり泡を食って、この午後はここには来てもいないと言い出す始末だよ。彼はすぐ裏の路地に住んでいるんだが、昼食後はずっと家でサボっていたそうだ――今日はビリヤードをしにくる者はいないと思ってな。しかし、事実は誰の目にもあきらかだ。ここの様子を見に立ち寄ったチェッティは、ゲームに興じるどころではない状態のフェンダーソンを見つけ、たいそう賢明にもその場をあとにしたのさ。そして今となっては、生前の被害者を見た最後の人間だと思われたくないってわけだ。嘘をつくのは身のためにならんぞと言ってやったんだがね。くそっ。彼はバウザーに姿を見られているんだぞ」

「となると……？」

「となると、この部屋にはべつの入口があるとでも考えるしかないが、どう見たってそんなものはない」警視が憤然と窓辺へ歩み寄るのをキャンピオンはじっと見守った。

「ちょっとバウザーと話したいんですが」ややあって、彼は切り出した。

「いいとも。ぜひ話してみたまえ」オーツはとげとげしく言った。「こっちも徹底的に締めあげてはみたさ。彼は一歩も譲らんはずだ」

キャンピオンは黙って、守衛が連れてこられるのを待った。ほどなく、階下へ遣わされた部長刑事のあとに続いて、バウザーが重々しい足取りで室内にあらわれた。いかにも周囲の信頼を集めそうな男で、今は少々動揺しているうえに七十代という高齢ではあるものの、その姿は威厳に満ちていた。固く引き結ばれた口、ぼさぼさの白い眉。誇り高そうなしわ深い顔を、ぎごちなくこわばらせている。老人は無言でキャンピオンをねめつけていたが、最初の質問を聞くとわずかに口元をほころばせた。

「これまでに何度ぐらい、チェッティがこのクラブに入ってくるのを目にしてきたかと？ そうですな、しいて言えば——数千回というところでしょう」

「彼は昔からずっと足が不自由だったのかな？」

「それはもう。生まれつき股関節が変形しているのです。あの男にこんなことができたはずはない。わたしもそうだが——とてもそんな力はありません」

「なるほど」

キャンピオンは細長い部屋のいちばん奥にある書棚へと歩を進め、ほどなく何かを手にもどってきた。

「ところで、バウザー」とやおら切り出す。「どうだろう。きみがこの午後、じっさい目にしたのはこの写真の男——フェンダーソン氏がここに来たあと、ちょっとだけ姿を見せたやつじゃないかと思うんだがね」

老人はさし出された紙をまともにつかめないほど激しく手を震わせた。それでもついに、やっとのことでそれをしっかり握りしめ、長いこと見入ってからキャンピオンに返した。

「いいえ」老人はきっぱりと言った。「その顔に見憶えはありませんな。チェッティが入ってきて、しばらくすると出ていったのです。ほかの誰でもなかったのは、間違いありません」

「たしかにきみはそう考えているのだろうね、バウザー」穏やかに応じたキャンピオンの痩せた顔には、憐《あわ》れみまじりの奇妙な表情が浮かんでいた。彼はオーツをふり向き、「あなたの〝見えないドア〟はここにあったんですよ、警視」と小声で言った。

オーツはその紙切れをひっつかみ、ためつすがめつした。

「おいおい！　何のつもりだ？　こいつはただの茶色い紙――本の最後のページを破り取ったものじゃないか」

キャンピオンはオーツをひたと見つめた。

「バウザーはたった今、その顔に見憶えはないと言いました。つまりね、オーツ、バウザーは人を顔ではなく、声で見分けているんです。だから相手が先に口をきくまでにらみつけるんですよ。彼はこの午後、チェッティを目にしたわけじゃなく、あの男の独特の足音――マートンが苦もなくまねられたはずの足音を耳にしたんです。おそらく、今年の初めに例のちょっとしたいざこざがあったとき、マートンはこのクラブのほかの誰も知らない秘密に気づいたんでしょう。いつからそんなふうになったんだい、バウザー？」

老人は彼らのまえで身をわななかせていた。

「わたしは——仕事を退《しりぞ》かされたくなかったのです」彼は痛ましい声でぶちまけた。「わたしはみんなの声を知っていた。まだ務めを果たすことはできました。本当にひどくなったのは、ここ半年ほどで——夜にはいつも娘が迎えにきてくれます。あれはたしかにチェッティの足音だった。とはいえ、あいつにあんなことができたはずがないのはわかっていました」

「目が見えないのか！」警視が思わずしゃがれ声をあげた。「いやはや！　キャンピオン、どうして気づいたんだ？」

しばらく説得されて、キャンピオンはようやく遠慮がちに切り出した。

「さっきも話したように、ぼくは階下のホールを通り抜けたとき、バウザーにじっとねめつけられました。ところが階段をあがりかけたとき、彼が巡査の一人に言うのが聞こえたんです——『また刑事さんかね？』って」

そこでしばし言葉を切り、しわひとつない袖から糸くずをはたき落とすふりをしながら、キャンピオンは愛嬌たっぷりの笑みを浮かべた。

「そのとき、ふと思ったんですよ――彼は視力に問題でもあるんじゃないかって。気を悪くしないでくださいね。もちろん、何も他意はないんですから」

極秘書類

A Matter of Form

「近ごろの犯罪の困ったところは」スタニスラウス・オーツ警視は真面目くさって言った。「いやってほど巷《ちまた》にあふれてることさ。妙な言い方だがね」

「同感です」彼の連れは、もったいぶるというほどではないが、重々しい口調で相槌をうち、「あなたが言いたいのは、犯罪が〝日常茶飯事〟になってるってことでしょう?」

二人の男たちは〈カフェ・ボエーム〉の二階の古風な細長い酒場で、いちばん奥の隅に陣取っていた。豪奢《ごうしゃ》な金箔《きんぱく》と深紅のビロードで飾られていた、往時の背徳の香りただよう活気こそないものの、ここはいまだに町の中心的な店だった。このところまたいくらか痩せて厳しい目つきになったアルバート・キャンピオン氏は、紫煙の渦巻く広々とした室内を見渡した。まさに今という時代を映す光景のように思えた——軍服姿の未熟な若者たちと、モーニング姿の銀行家たちでいっぱいだ。

警視は鼻を鳴らし、細長い悲しげな顔にいよいよ陰気くさい表情を浮かべた。

「ほほう。きみは何やら偉そうな極秘任務で少々多忙になったからって、もっと身近な犯罪で手いっぱいの老警官を小馬鹿にできると思ってるのか？　こっちは毎月、以前の一年分以上の仕事に追いまくられてるんだぞ。まったく、今日日《きょうび》の人情もへったくれもない風潮にはいやになる。これでも昔は、一種のスポーツマン精神を持った警官のつもりだったんだがね。餌をつけた釣糸を投げ、じっと見守る……」

「たしかに」キャンピオンは相手の悟りすました口調をまねて、「あなたが雄々しく雑魚《ざこ》どもを川に投げ返してやるのを見るたびに、涙がこぼれたものですよ。だめだめ、そんなことを言ったって。おセンチな情け深い老刑事のまねごとなんて、あなたには似合わない。ぜんぜん説得力がありません。太公望が聞いてあきれる！　あなたは昔から、穴のそばにすわったしなやかな雄猫みたいでしたよ。それもまたスポーツマン精神に富んだ、紳士的な流儀ではあるけれど。今も髭をヒクつかせてるのがわかります。今回のハツカネズはどこにいるのかな？」

「ハツカネズミなんてもんじゃない」オーツが言い返す。「つややかに肥えた若いドブネズミさ。ほら、見てみろ。今は何と名乗っているのやら」

根は人情家のオーツの両目が、北海の巌《いわお》のごとく冷たい光を帯びている。キャンピオンは首をめぐらしてその視線をたどった。

二人の席から十二フィートも離れていないところで、一人の男が半円形のカウンターにもたれて酒を飲んでいた。中年にさしかかったばかりといった男で、今のオーツの描写はなかなか的を射ていた。上等な服を着て、栄養状態も良好、見ようによっては驚くほどハンサムだった。とくに目鼻立ちが美しいというより、りゅうとした風貌が印象的なタイプの二枚目だ。全身のいたるところから、独りよがりな自信と満足感をにじませている。機嫌よくグラスを重ねて頰を上気させた男は、カウンターの奥の鏡の中から、両目を躍らせてにっこりキャンピオンに微笑み返してきた。どこか不穏な張りつめた空気の感じられる室内で、その悦に入った様子はひときわ目につき、少なくともオーツ警視は苛立《いらだ》ちをつのらせていた。

「誰かが何かを失くしたぞ、一シリング賭けてもいい」警視は辛辣《しんらつ》そのものの口調で言った。

カウンターのまえの男がその声に気づいてふり向いた。

「おや」決して不快ではない、深みのある声だが、とうてい生来のものとは思えないほど完璧なアクセントだった。「懐かしの警部さんじゃないですか」

「警視だよ」オーツが平然と言い返す。「調子はどうだ、スミス？　それとも、今はちがう名前なのかな?」

「まあね、じっさい不思議なことに、ちがう名前なんですよ」自信たっぷりにぶらぶら足を踏み出した未知の男は、彼らのまえで立ちどまって晴れやかな笑みを浮かべた。「あなたと同様、出世しましてね。今の名前はロウリーです。スミスなんて、ありきたりでしょう? そこらじゅうで耳にしそうな名前だ。アンソニー・ロウリーというのが新たな名前です。ぼくにはぴったりだと思うな」

「何をするのにぴったりなんですか? 求婚かな?」キャンピオンはわれにもあらず笑いを誘われ、口をはさんだ。

その引喩《いんゆ》は警視にはちんぷんかんぷんだった。彼は子供時代にもほかのいつの時代にも、有名なカエルの求婚の歌(マザーグースのひとつで、アンソニー・ロウリーという名の人物が登場する)で寝かしつけられたことなどなかったのだ。

「ほう、その上機嫌の理由は愛ってわけか」オーツはずけずけと言った。「てっきりたんなる深酒か、無防備なチャップの金庫のおかげかと思ったよ」

アンソニー・ロウリーなる名を選んだ男は顔をしかめた。

「不作法で思いやりがないうえに、的外れな非難だな。ぼくを零落させたのはチャップじゃなくて、ブリーム社の金庫のほうですよ。もちろん、こちらがあの会社を零落させたのかもしれないけど。それは見方によりけりですね。おやおや、ぼくは酔っ払ってるのかな？」

「そのようだな」警視の声は不気味なほど慈愛に満ちていた。「しかし今どきダブルの一杯や二杯でそこまでみごとにご機嫌になれるなら、心の底から尊敬するよ」

ロウリー氏のあざやかな青い目にちらりと警戒の色が浮かんだが、すぐさま異様な高揚感がそれを押しのけた。

「いや、じつを言うと……じつを言うとね」と、あぶなっかしくくり返し、「これは警官らしからぬ、優しい老紳士のあなたが大好きだから教えるんだけど……じつを言うと、ぼくのこの上機嫌の理由は愛でも酒でもなく、それよりはるかにすてきなことなんですよ」

警視の腫《は》れぼったいまぶたがピクリとした。

「そうだろうとも」

ロウリーは声をあげて笑い、キャンピオンにウィンクした。

「おかしなおじいちゃん《オールド・ダック》ですよね？　無害で、人なつこい、おかしなおじいちゃんだ。すっかりぼくに惚れ込んで、どうしてぼくがこんなに幸せなのか知りたいんですよ」

「おい若造、いいかげんにしておけよ。あまり生意気な口はきかんことだぞ」そう言いながらも、オーツはまだ妙に優しげな口調のままだった。

　ロウリーはくるりと背を向け、肩越しに言葉を投げかけた。「あなたのおかげで胸が張り裂けそうですよ。せっかくのお祝い気分が台なしになりそうだ」その最後のくだりが気に入ったのか、もういちど口にしたあと、さっと二人に向きなおり、「ねえ、ぼくがなぜこの午後いっぱい、気前よく楽しんでたのかわかりますか？　どうして何度もささやかな祝杯をあげ、鏡の中の笑顔に快く応えてきたのか」

「おおかた想像はつくよ」オーツは以前の容赦ない気分にもどりかけているようだった。「またぞろ何かろくでもない馬鹿なまねをしたか、今しもやらかすところなんだろう」

「ちがうな」アンソニー・ロウリーは勝ち誇った口調になった。「はずれです。まったく想像力のかけらもないときた。あなたは例によって、唯物的な考えに飛びつこうとしてるんですよ。どうせ理解されっこないのに洗いざらい話す気はないけど、あなたとは長い付き合いだから、少しだけ教えてあげましょう。ぼくがひどくご機嫌なのは、うっとりするほどすてきな考えが浮かんだからですよ。こんな気持ち、わかってもらえないだろうなあ。あなたはすごくいい人だけど、あまりすてきな考えを思いつくタイプじゃないものな。いや、怒らないで――気にしないでくださいよ。それは仕方のないことで、あなたはただ、その手の人間じゃないだけなんですからね。そちらの方ならおわかりでしょう?」

最後にそうふられたキャンピオンは、微笑を隠そうともしなかった。

「うっとりするほどすてきな考え……」ロウリーはくり返し、「ひらめき。精巧きわまるみごとな構想。世紀の名案。あるいは、第一級のアイデアと呼んでもいい。じゃあ失礼して、そいつをじっくり検討しなおさないと」

ロウリーが少々おぼつかない足取りで歩み去るのを、オーツは厳しい目で考え込むように見守った。

「あいつめ、酔いがさめたら死ぬほど後悔するぞ」ややあってそうつぶやいた警視の顔に、その午後初めて、ちらりと満足げな笑みが浮かんだ。「気の毒なやつさ。ほとんど哀れに思えるよ。例のわたしのスポーツマン的直感なんだがね——やつはぜったい、何かをたくらんでるぞ。すぐに署の連中に身辺を洗わせよう」

角縁《つのぶち》眼鏡の奥のキャンピオンの薄青い目は同情に満ちていた。

「何をやらかすつもりかな?　やけにご機嫌だったけど」

「酩酊してるのさ」オーツは冷ややかに訂正し、「最後に会ったときのやつとはまるで別人だ。どう見ても、あんなにおしゃべり好きじゃなかったよ。あいつはどうにも我慢ならんタイプの犯罪者でな。その道の達人ですらない。今しがた当の本人が認めるのを聞いたろう。図々しくも、自分の能力不足をむしろ誇りにしてるんだ。やつの専門はブリーム社の金庫で、それ以外の金庫には目もくれない。いいかね、ブリーム社のものだけだ。若いころにあそこの見習い工として、必要最低限の知識を仕入れ、今やブリーム社の金庫なら何でもござれの金庫破りときた。現代の犯罪者はスペシャリストであるべきだとか言われてるがね」オーツは続けた。「あれは行きすぎだ。あいつの場合は、たんに能力不足で怠惰なのさ。見ているだけでむかつくよ」

「あなたが怒るのは理屈に合わない気がするな」キャンピオンはやんわり指摘した。「そんな特徴のある犯罪者なら、苦もなくつかまるはずですよ」

「まあな。たしかに」オーツは奇妙に口が重かった。「たしかに」とくり返し、「ある意味ではそうなんだがね。やつはなかなかはしっこいのさ。何度かみごとな早業をやってのけ、こちらはまだ訴追できるだけの証拠を集められずにいるんだよ。ホシはやつだとわかっているし、署までしょっぴいてもみたんだが、結局まんまと逃げられちまった」

「しゃくにさわるやつってわけですね」とキャンピオン。「どうりで、脳ミソは人並み以上にありそうでしたよ」

警視は立ちあがり、

「そこもやつの困ったところなんだが」とものうげに言った。「せっかくの脳ミソを中途半端にしか使わないのさ。だがまあ、あいつも今度ばかりはドジを踏んだよ。まずい相手に本音を明かしたものだ。というわけで、ちょっとしばらく署にもどるとしよう。ネズミがひょっこり穴から首を突き出したのに、襲いかからん手はないからな。席をはずしてもかまわんか？」

「かまいませんとも」キャンピオンは礼儀正しく答えながらも、大いに面白がっていた。「いかなる犠牲を払おうと、ならず者どもにきちんと腕を磨くように教えてやるべきですからね」


その後、ひとり残されたキャンピオンは何かつまむのも悪くないと思いたち、階下のレストランへおりていった。

だだっ広い店内は例によって満員で、ほとんど誰もが顔だけは知っているような名士がちらほら姿を見せていた。キャンピオンは若い画家のラフカディオに会釈し、ビーミッシュ夫人とは目を合わせないようにして、リリー・オーデルに手をふった。それから、ゆっくり腰をおろして半ダースの牡蠣《かき》を味わおうとしたとき、グリーン青年の姿に気づいた。

　このまえブライアン・グリーンと会ったのは、オックスフォードとケンブリッジの大学対抗試合のときだ。しかし、今日のブライアンは英国国防義勇軍一等兵の制服を着ていた。連れはおらず、見るからに落ち込んだ様子だったが、キャンピオンと目が合うといくらか明るい表情になり、ドサドサ足音をたててこちらへやってきた。身の丈六フィート三インチの黄色い髪をした気のいい若者だ。

「どうってことはありません」ブライアンはお決まりの質問に答えて言った。「気楽なもんですよ、田舎の部隊なんて。今日は休暇の初日なんです」

「それじゃ言うことなしに聞こえるが」キャンピオンは片手をふって向かいの椅子をすすめた。「どうして一人きりなんだ？　彼女があらわれないのかい？」

　ブライアンの笑みがふたたびかき消えた。

「ええと……そうなんです」テーブルクロスにフォークで小さな図形を描きながら、若者はぎごちなく言った。「彼女は来るには来たけど——つまりその、帰っちゃったんですよ」

　二人のあいだにしばし沈黙がただよった。キャンピオンは気のきいた慰めのせりふをひとつも思いつかなかったのだ。相手はいよいよ意気消沈し、やがてようやく切り出した。

「すごく拘束されるから……軍隊に入ると、なかなかそばにはいられないんです」人のよさそうなそばかすだらけの顔に浮かんだ悩ましげな表情は、話の聞き手をとつぜん老いた気分にさせた。「もちろん」ブライアンは真剣そのものの口調で続けた。「彼女はまだまだ若いしね」

もう揺りかごからは出たのかい、と尋ねてやりたい思いをこらえ、キャンピオンはせいぜい物わかりのいい、鷹揚《おうよう》な表情をつくろった。

「てっきり彼女は軍服が気に入ると思ったのにな」若者は天真爛漫《てんしんらんまん》に言い添えた。「だのに、官庁の役人なんかに熱をあげてるみたいなんです」

「官庁？　どこの部局だい？」

「ああ、知りません。彼女からさんざん聞かされたんだけど。何やら恐ろしく重要な部局だそうですよ。どうやら、今どきの知的な男はこぞって物資の供給やら防衛やら経済やらに関する仕事をしてるみたいで――少なくとも、彼女はそう考えていて――今はそれしか頭にないんです。ぼくには郵便局と似たり寄ったりに聞こえたから、そう言ってやったんですけどね。彼女は感心しなかったみたいだ。ほら、長い付き合いだから、ぼくの知的能力なんてお見通しなんですよ。ともかくそんなわけで、今夜はぼくと映画に行かれなかったんです。例の知的な男たちの一人と会う約束があるとかで」

「きっと今に目覚めるさ」キャンピオンはきっぱりと言った。

「そう思いますか？」ブライアンは哀れをもよおすほど熱心に尋ねた。「彼女とは小学生のころから一緒に遊びまわってたけど、すごくすてきな子なんです。ダンスがうっとりするほど上手で。彼女が知性なんかに興味を持つまでは、最高にうまくいってたのにな」

「そりゃきみ、女の子にはそういう時期があるのさ。いずれはマントでも脱ぎ捨てるように脱皮するよ」キャンピオンはここぞと力を込めて言い、「さしあたり、今夜のきみに必要なものを伝授させてもらえば、食べ物だ」

「食べ物？　そうかなあ。ぼくはむしろ……」

「食べ物だ」年上の男は主張した。「経験者からのアドバイスだよ。大量の、美味なる食べ物さ。ちょっと待ってくれ、給仕長のジョージに相談してみよう」

その三日後、キャンピオンはふたたびブライアンと顔を合わせた。正確に言えば、会ったというより待ち伏せされたのだ。

キャンピオンがわずかな空き時間に一か月分の書簡を整理すべく、あわただしくフラットの居間に駆け込むと、若い二人が妙に何食わぬ顔で長椅子の両端に腰かけていた。娘のほうは泣いていたようで、ブライアンの軍服の肩には小さな湿った跡がついている。兵士は立ちあがった。

「ああ、やっと会えたぞ」と、ほっとした声で言い、「とつぜん押しかけちゃってすみません。けど、こんなときに頼れる相手はあなたしか思いつかなくて。ちなみに、これがスーザンです。ミス・スーザン・チャッド。こちらがキャンピオンさんだ」

スーザンは愛らしかった。彼女を一目見るなり、キャンピオンはブライアンの若さをおおむね許す気になり、彼の悩みを大いに理解した。ファッションの変化は女性たちを変化させ、長年の進化と解放の歩みで、今や女性たちは女らしさを失くしてしまったと考えられている。しかし、いつの時代も決して変わらぬタイプの娘がいるものだ。虎の皮をかぶろうと、ふわふわのロングスカートをはこうと、婦人国防軍の制服姿であろうと、彼女はあくまで愛らしく、男心をそそる、どうしようもないお馬鹿さんなのだ。

スーザンは小さな丸い顔をあげ、頬骨の端に残った涙のしずくを拭き忘れたまま、精いっぱいの威厳を込めて彼を見つめた。そして、恥じ入った口調で切り出した。

「あたしったら、ひどく愚かで、ほんのちょっぴり不誠実なまねをしてしまったんです。どうしたらいいんでしょう？」

「それぐらいでロンドン塔に放り込まれたりはしないと彼女を説得できたら、たいしたものですよ」ブライアンがぶつぶつ言った。

「何よりやりきれないのは、ほんとはあたしが悪いんじゃないってことなのよ」娘は抗議した。「自分で何かしたのなら、これほどみじめじゃないんでしょうけど。駅の手荷物預かり所の係員のせいだわ。こちらは中身を見もしなかった――というか、ろくに見てもいないのよ」

「そもそも、例の男がきみに責任を押しつけたのが悪いのさ」ブライアンがずけずけと言い返す。「聞いたこともないほど厚かましい話だ」

「いいえ、ブライアン。そんなこと言うべきじゃないわ」スーザンは真剣そのものだった。「そうよ、彼を責めちゃだめ。あたしは責任を負いたかったし、彼に信頼されて鼻高々だった。だからこそ、こんなことになったのがたまらないのよ。彼にとても顔向けできないわ。死んだほうがまし」

「暗号か……」しばらくまえから首をかしげて聴き入っていたキャンピオンは言った。

「たぶん暗号がらみの事件だな？　きみが秘密のパスワードを失くしたせいで、暗号が解けなくなってしまったんだ」

娘は両目をぱちくりさせて非難がましく彼を見つめた。

「何の話か知りませんけど、あたしは見かけほど軽率じゃありませんのよ。ただ、封《シー》印《ルズ》のせいで困ったことになりそうなんです」

「アザラシ《シールズ》のせいで?」キャンピオンは不意を突かれて言った。「降参だ。これでクジラの話でも飛び出せば、ぼくは悲鳴をあげて部屋から逃げ出すよ」

ブライアンがあやまるようにスーザンに微笑みかけたあと、部屋の主《あるじ》に厳しい目を向けた。

「きちんと説明したほうがよさそうですね」

「そうしてほしいものだな」キャンピオンはむっとしながら答えた。「どういうことなんだ?」

「あたしが話すわ、ブライアン」娘が断固として口をはさんだ。「これにはあなたにはわかっていない面があるし、あたしとすれば、むしろそこが重要なんだから。キャンピオンさん、あたしはトニーを尊敬しきっているんです。それで事情はすっかり変わってきますでしょ?」

「まあ、たしかに」いよいよ頭が混乱するのを感じながら、キャンピオンはうながした。「じゃあ、そこからはじめることにしよう」

「喜んで」スーザンはまだ落ち着きはらっていた。「トニーは中央官庁の恐ろしく重要な部局に所属しています。たしか〈防衛強化局〉だったと思うけど……はっきりは思い出せません。ともかく彼はそこの高官で、すごい責任を負ってあちこち飛びまわってるんです。最後に会ったときには一緒に映画を見にいくはずだったけど、彼が何かあたしには話せない用事でとつぜん町の外へ呼び出され、おかげで、いくつか荷物を取りに彼の家へ飛び返るはめになりました。とにかくすごい緊急事態で、彼はいつもどれるかもわからなかったから、あたしに何か極秘の書類が入った小さなアタッシェケースを渡し、彼のかわりに大事に保管すると約束させたんです。こちらはもちろん、そうすることを誓いました。すると彼はあたしをそのケースと一緒にうちの戸口に残して立ち去ったんです」

「極秘書類が入ったケースか……」キャンピオンがぼんやりくり返す。

「とにかく彼はそう言っていました。もちろん、今のあたしより重々しい口調だったけど。あたしはあんまり――重々しいタイプじゃないから」

「いや失礼、お嬢さん」キャンピオンはすぐさま非を認めた。「ちょっと事実を頭にたたき込んでいたんだよ。どうもこの午後はあまり血のめぐりがよくないみたいでね。

彼がきみに大事なアタッシェケースをあずけ、きみはそれを失くした。それでいいのかな？」

「やだ、まさか」スーザンは聞くなり顔を真っ赤にした。「いいえ、そのケースを失くしたりはしてません、ありがたいことに。そんなにひどい話じゃないんです」

「だからさ、ぼくに話させてくれ」ブライアンがかばうように身を乗り出した。「スーザンはそれほど情けない子じゃないんです。彼女はその男を信じているし、そいつのほうも、あきらかに彼女の真価に気づいてるんですよ――ほんとに信頼できる、とびきりすばらしい子だってね。それはともかく、彼はそのアタッシェケースを何日か、ぜったい安全な相手に託したかった。もう夜も遅かったから――これはじつは、ぼくがあなたと会ったあの晩のことなんだけど――銀行や仕事先のオフィスにあずけるわけにもいかず、スーザンに頼んだんですよ」ブライアンは口ごもり、さっと顔を赤らめた。それから、決然と続けた。「あなたはありそうもない話だと思うかもしれないけど、ぼくはちがいます。スーザンのことはわかっていますから」

キャンピオンはその非難を従順に受け入れた。

「いや、ありそうもない話だなんて思わないさ」と、もっともらしく熱を込めて言い、「そこまではわかったよ。だが例の封印とやらはどう関係してくるのかな？」

「だから、その封印が破られてしまって……それで困っているんです」スーザンが蚊の鳴くような声で言う。「手荷物預かり所の係員がやった——というか、彼の見ているまえであたしが破られたんです。ほんとに、信じられないほど気まずい場面だったわ。あなたが話して、ブライアン」

若き兵士は彼女のとなりに腰をおろした。

「単純きわまる話でね。スーザンは翌日の夕方まではずっとアタッシェケースを部屋に保管してたけど、そのあと急に怖気《おじけ》づいてしまったんです。誰だってそうですよね。ほら、すごく大事なものって、あちこち移しまわったりするでしょう？　どこに置いても、いまいち安全じゃないような気がして。それでとうとう、誰でもそうだと思うけど、スーザンは神経が参っちゃったんですよ。それで——ごく当然のことだけど——駅の手荷物預かり所にあずけてしまおうと考えた。まあ、それは問題ないとして、彼女はＩＲＡの爆弾騒ぎのせいで、一部の駅に新たな規制ができたことを忘れてたんですよ。で、ウォータールーかどこかの駅に着いてみると、係員にアタッシェケースの蓋を開けるように求められたんです。彼女が少々やましげに抵抗すると、相手は態度を硬化させた。どんな感じかわかるでしょう？　ついには、ちょっとした騒ぎになって、人だかりができはじめたんです」

スーザンが訴えかけるようにキャンピオンを見た。「ケースを持ってさっさと立ち去る勇気はありませんでした。すごく怪しく見えそうで。どうしようもなかったんです」すがりつくような口調だ。

「どんな感じか、目に浮かぶようだよ」とキャンピオン。「で、きみは当然それを開けたわけだね？ おそらく、鍵をこじ開けて。中には何が入っていた？」

「包みです」ブライアンが割り込んだ。「これが厄介な部分なんですけどね。ケースの中には、そこらじゅうに公的な封印がほどこされた四角い包みが入っていたんです。ありていに言うと、まあ要するに、スーザンはその封印を破らざるを得なかったんですよ。結局、中には大量の申請用紙みたいなものしか入っていなかった。手荷物預かり所の係員はそれを見て謝罪したそうだけど、今さらあやまられてもね。それから二日近くもスーザンは悶々《もんもん》としながら、例の男があらわれるのを待っているんです。彼がもどったら説明するしかないけれど、封印が破られたせいで彼が譴責《けんせき》を受けるんじゃないかと恐れながらね。ひどいピンチでしょう？」

「まったくひどいピンチだな」キャンピオンは用心深く答えた。「ええと――馬鹿げた質問かもしれないが、要するにぼくにどうしてほしいんだ？」

スーザンがブライアンに目をやると、若者は慎み深くためらったあと、ようやく口を開いた。

「ぼくがあなたのことを思いついたんです。スーザンがぼくを頼ってきたのは、ぼくのことを――いわばその、兄貴みたいに考えてるからだそうですけどね」耳まで真っ赤になったブライアンを見て、キャンピオンはその騎士道精神にほろりとした。「それでぼくたちは考えたんですよ、どうにかして封印を……元どおりにできないかって。誰がどうやってかはわからないけど……ほら、あなたはいろんな公共機関とかかわりがあるでしょう？」声が尻すぼみに消え、ブライアンはがっくり肩を落とした。

「無茶な思いつきでした」と、小声であやまるように言う。

キャンピオンは内心そのとおりだと思いつつ、むげにそう言う気にはなれなかった。

「問題の包みは今はどこにあるのかな？」彼は尋ねた。

スーザンが腰かけている長椅子の下を手探りした。

「あれ以来、自分の目の届かないところに置く気になれなくて……」彼女は哀れをそそる口調で言った。「こんなものを預かったりしなければよかった。あたしはこの手のこと――責任や秘密を分かち合うことがすごく得意なつもりだったけど、そうじゃなかった。だめだったんです、どうしようもなく。もう二度と引き受けません」

その謙虚な姿をまえに、キャンピオンは喉まで出かけた批判がましい言葉を呑み込み、小さなアタッシェケースをしかるべき敬意を込めて受け取った。蓋を開くと、破れた封蠟《ふうろう》だらけの包みがあらわれた。

なかなか印象的な包みだった。いかにも安手の赤い封蠟がべたべた貼られ、緑色のテープでくくられている。その包みを両手に、二人の若者たちの視線を浴びて立つうちに、何やら霊感でも受けたようにある考えが脳裏にひらめいた。

「ああ、ところで」キャンピオンは言った。「むろん、いっさい口外はしないけど、トニーのフルネームは何ていうんだい？　悪いがそれは聞いておかないと」

「そうね、名前ぐらいはかまわないんじゃないかしら。あなたも噂を聞いてらっしゃるかもしれないし」スーザンの誇らしげな口調は、ブライアンには少々こたえたようだった。「彼はアンソニー・ロウリーです。あのアンソニー・ロウリー」彼女は期待を込めて言い添えた。

キャンピオンが手にした包みをどうにか取り落とさずに、平静な態度を保とうとしていると、彼の反応を見守っていた娘が息を呑んだ。

「やっぱり彼のことをご存じなのね！　それなら、できるだけ力になってくださるでしょう？」

キャンピオンは包みを置き、「まあ、できるだけ」としかつめらしく答えた。「それで、この封印はロウリー氏が自《みず》らほどこしたものなのかな？」

「あら、いえ、そうじゃないと思いますけど」そんなことは考えてもみなかったとみえ、スーザンはいくらか戸惑った顔をした。「たしかに、そうなのかもしれません」ややあって、彼女は言い添えた。「彼はそれを取りに書斎へあがっていったとき、しばらくもどってこなかったから。でもそれは公式の封印なんでしょう？」

キャンピオンは小さな蠟の塊《かたまり》のひとつに目をこらした。たしかに獅子と王冠の図柄が刻印されているものの、それは円形の印章にはめずらしくないモチーフで、ときには安物にも使われる。彼は視線をあげた。

「それはみな火曜日に起きたことなんだね？　ぼくがブライアンと会ったあの晩に」

「ええ。だからひどく急を要するんです。トニーはもういつ帰ってきてもおかしくありません。このままじゃ耐えられない。彼に話すぐらいなら死んだほうがましだわ」

ブライアンが彼女の肩に腕をまわした。

「キャンピオンを信じるんだ。きっと誰か彼の知ってるお偉方がこの件――ロウリーのことや何かを親身になって考えてくれるさ。誰かそんな人に心当たりはありませんか、先輩？」

キャンピオンは首のまわりに指を走らせてシャツの襟元をゆるめた。

「たしかに思い当たるふしはあるよ。それを否定するわけにはいかないだろう。ああ、間違いなく、たいそう有力な人物が頭に浮かんでる」

　四十分後、キャンピオンとオーツ警視は、警視の質実剛健な古めかしいオフィスでデスクをはさんで見つめ合っていた。

　二人のあいだには蓋の開いたアタッシェケースが置かれ、その中の封印された包みに入っていた淡黄色の書類は、今では警視の吸取り紙ばさみ《ブロッター》の上に積みあげられている。決して感情的な人間ではないはずのオーツが、しきりに目元をぬぐっていた。

「その娘は、必要とあればいつでも見つけられるんだろうな？」ようやく声の震えがおさまると、警視は尋ねた。

「ええ、それはもう。彼女は忍耐強いブライアンにアイスクリームと忠実なる愛情を与えられてるところです。ぼくがちょっとした慈悲深い反逆罪を犯すのを待ちながらね。やれやれ。それで、どうするつもりですか？」

　警視は傷だらけの鼻眼鏡をかけて書類の一枚を取りあげた。あらためて目を通すうちに、感きわまってむせ返った。

「やはり両者を対面させるしかない」ややあって、オーツは結論を下した。「あいつを取りおさえたという知らせが入ったら、きみが娘のほうを連れてきてくれ」

「辛い思いをさせないならね」キャンピオンはすかさず釘を刺した。「ほんとに、こんなことにかかわるのは気が重いな」

オーツは鼻を鳴らし、「すべての責任はわたしにある」とぴしゃりと言った。「彼女のことは心配するな。実の娘のように扱ってやるよ……まったく、しょうもない馬鹿娘めが」

警視は身を乗り出して、デスクの上のブザーを押した。

その夜の八時ちょっとすぎにミスタ・ギルバート・スミス、またの名をアンソニー・ロウリーが連れられてきたときにも、警視はおおむね上機嫌だった。しらふにもどった今も饒舌《じょうぜつ》なロウリーは、来客用の椅子に腰をおろし、心底くつろいでいる者ならではの穏やかな目で警視を見つめた。

「あやまらなくてもいいですよ」じゅうぶん長く沈黙が続いたと見てとるや、ロウリーは言った。「あなたに会いにくるのはいやじゃありませんから――たとえこんなろくでもない時間でも。山高帽をかぶったおたくの警防団の人たちにも言ったんですよ、喜んで一緒に行かせてもらうって。あなたが好きなんです。ここは小ぢんまりした、すてきな部屋ですね」

オーツ警視は部屋の反対側の隅に腰をおろしたキャンピオンにちらりと目を向けた。静かな、満足げな目差《まなざ》しだった。極上のワインを味わうまえに、じっくり香りを楽しんでいる者の目つきだ。

「そちらのお友だちにもお会いできて嬉しいですよ」ロウリーはいよいよ愛想たっぷりの口調になり、「あなたにこんな――失礼ながら、こんなに思いもよらない――知的なお仲間がいるとは愉快だな。信じてもらえないかもしれないけど、ぼくはこういう夕べが楽しみでならないんです。あまり知人が多いほうじゃないし、のんびりおしゃべりするのが何より好きなのでね」

「これは驚きだ」オーツは慇懃《いんぎん》に言った。「てっきり中央官庁で多忙きわまる日々をおすごしかと思ったが。ええと、〈オフィス登録部〉に所属だったかな?」

強烈な一撃だった。ロウリーの血色のいいにこやかな顔に、強風に吹かれた雲の影のような翳《かげ》りがよぎった。一瞬、両目も揺らいだが、次に口を開いたときには、その声はみごとに抑制されていた。

「それは残念」ロウリーは言った。「何とも残念な話だ。あなたはぼくのことを、ほかの誰かと間違えてるんですよ。じきじきのご指名かと思ったのにな。がっかりだ」

「そうかね？　まだまだがっかりするのは早いぞ。ここに一通の申告書がある。じっさいには同じものが山とあるんだがね。そのひとつを読んでやったほうがよさそうだな」

警視は目のまえの山から薄っぺらい淡黄色の紙を一枚取りあげ、

「こいつはちょっとした傑作だぞ」と恩着せがましい口調で切り出した。「何はともあれ、本物の役所の書類に負けず劣らず不可解で、うんざりするほど単調だ。おまけに活字が細かくて、わざわざ最後まで読む者はあまり多くはないだろう。返送先は〈監査役、BQ／FT／三五九A四三、ホワイトホール〉だが、それが消されて〈キャリガン通り二十五番地、ウェンブリー〉となっている。きみたちの部署は疎開でもしたばかりなのだろうな？」

「何の話か、よくわからないんですがね」ロウリーは礼儀正しく言った。

「わからない？　じゃあ、その件はあとにするとして」オーツは容赦なく先を続けた。「『前略――先般の枢密院令・第五〇一三二八七号の二項AB（以下参照）にもとづき、現在、貴社が使用中のオフィスについて、以下の細目をご記入いただくようお願いします。ご承知のとおり、昨今の情勢下であらゆる不測の事態に対し貴重な資産の適切な保護を可能にすべく、危険が予想される地域のオフィスについて、一定の情報を入手することが警察その他の関連機関にとって重要課題となっております』」

警視はそこで一休みして、目のまえの無表情な顔を眼鏡の縁ごしに見すえた。

「言葉を失うほど独創的だ。じっさいに枢密院令・第五〇一三二八七号なるものがあれば、さらに上出来だったろう」

ロウリーはあくびをし、「ぼくにはえらく退屈に思えるけど」と、ざっくばらんに言った。

「わたしは退屈だとは思わんぞ」とオーツ。「むしろ笑わされたよ。最初にこいつを読んだときには、涙が流れ落ちるほど笑ったね。こいつは前代未聞の究極の省エネ対策だ。予備的な質問はシンプルそのもので、『オフィスの使用者のフルネーム。住所。事業内容。雇用者数。夜間警備員の有無』わたしはこいつが気に入った。大うけだったよ。だが、その先はさらに面白くなる。まずは『使用階数、部屋数。すべての部屋は非常口に通じているか。中央階段と各部屋のあいだにはいくつのドアがあるか。それらのドアは施錠されているか。またその場合はどのような錠前が使われているか……』と続いたあと、金庫に関するうっとりするような質問にたどり着く。そいつはええと、C4B/Fという項目だ。ざっと読みあげてやろう。『金庫はどの部屋にありますか？　タイプを述べてください（作りつけ、箱型など）』さらに、『金庫のメーカー。製造番号。それが設置されたおおよその年月日。金庫のおおよそのサイズ……』そして最後に、図々しさも極まれりといった感の質問が飛び出す――『貴社では、夜間に貴重品を金庫に残す習慣がありますか？』」

アンソニー・ロウリーは肉付きのいい肩をすくめた。

「あいにく、その手の公文書には明るくないのでね。どのみち役所の書類なんて、意味を理解しようとしたりはせずに、さっさと必要事項を書き込むしかないでしょう」

「そのとおり」オーツは勝ち誇って言った。「それが一般的な見解だ。偉大なる英国民の大半がそんなふうに能天気にかまえてるのさ。だからこそ、この手の悪質な書類は危険きわまりないんだよ。こいつを考え出した人物は、そんな驚嘆すべき事実を重重承知してるんだ。じっさい、驚くほど多くの人間が自分の資産を守るために大金を投じておきながら、この種のものには何の疑問も抱かず、秘書に空欄を埋めるように指示してしまう。安っぽい淡黄色の紙に印刷されて、役所じみた封筒で届くだけでな」

「じつに教訓的ですね」アンソニー・ロウリーはものうげに言った。「それにたぶん、心理学者にとっては興味深い話なんだろうけど、要するに何を言いたいのかぼくには理解できないな」

「そうかね？」とオーツ。「それは奇妙だ。ここにある書類の多くはすでに記入ずみでな。回答者はいずれも、小規模ながら繁盛している旧市街《シティ》の企業のようだ。あきらかに、例の進取の気性に富んだ人物は、どこかのケチなもぐりの印刷業者にこの書類を刷らせ、注意深く選んだカモに送りつけたのさ。きみなら、さぞかし興味を惹かれそうなものだがね」

「ぼくが？　おやおや、どうしてぼくが？」

警視はそのパフォーマンスに感心したとみえ、青白い顔にちらりと笑みを浮かべると、デスクの上から淡黄色の紙の小さな束を取りあげた。

「こいつが記入ずみの分。残りは未記入のものだ。いやね、どうもわたしには誰かが大急ぎで――震えあがって、とは言わないまでも、泡を食って――〈オフィス登録部〉のあらゆる書類をかき集め、安全に保管できるケースに詰め込んだように見えるんだよ。そのあと、おそらく彼は自宅が警察に調べられる恐れがなくなるまで、そのケースを信頼のおける部外者――警察に疑われたりするはずのない人物に預けたのさ。そんなことをするのはおおかた、ある晩ふと酔いがさめ、警視を相手に余計なおしゃべりをしたことに気づいた男ぐらいのものだろう。だがまあ、それを追及するのはやめておくとして。とにかく興味深いのは、だまくらかされた種々の一般市民が快く記入してよこした二十七通の書類のうち、十九通が青鉛筆でバツ印をつけられていることだ。残りの八通には、ひとつだけ共通点がある」

「ほう?」ロウリーはまだ、礼儀正しい無頓着な態度を崩さなかった。「どんな共通点ですか?」

「回答した八つの企業がすべてブリーム社の金庫を所有し、それに関すること細かな情報を記入している点だ」オーツは静かに告げた。さきほどまでの陽気さは影をひそめ、両目が冷たい光を帯びている。「きみがご親切にも話してくれたとおり、じつにすてきな考えだったがね。あいにく、そうは問屋がおろさなかったのさ」

長い間《ま》があり、ロウリー氏はとくと未来に思いを馳《は》せているようだった。やがて、彼は笑みを浮かべた。

「じつに独創的だなあ。あなたの御高説をじっくり考えてみたんですけど、いい勉強になりました。これでわかりましたよ。どうして先週の火曜からこのかた、おたくのボーイ・スカウトの一団にあれほど注目されてきたのかが。彼らはぼくのフラットをしらみつぶしに調べあげ、涙ぐましいほど忠実にぼくの行く先々についてきましたよ。当然ながら、こちらが何らやましいところのない、いささか退屈な人生を送っているのを知って失望したようだけど。あなたの熱意や彼らの苛立ちは理解できます。でも、あなたは少しばかり軽く見すぎてたんじゃないのかな？　ねえ警視さん、あなたもご承知のとおり、その書類の八通がブリーム社の金庫に言及してるからって、ぼくの関与を証明できる望みはありませんよ」

オーツは答えなかった。かわりに、上目使いにちらりとキャンピオンを見た。

「手間をかけて悪いが、スーザン・チャッド嬢にここへお越しいただけるか尋ねてもらえるかな？」仕事上のとりわけ美味《おい》しい場面でオーツがしばしば使う、憎たらしいほど慇懃な古めかしい口調だ。

キャンピオンはひそかにアンソニー・ロウリーに同情した。ほんの一瞬、ロウリーは両目を見開いた。

「彼女はきみの大ファンらしいからな」オーツが容赦なく続けた。

「そうなんですか？　それはめずらしい、知的な女性だ」訪問者は用心深く答えた。「聞き覚えのない名前ですけどね。お会いできて嬉しいですよ」

ほどなく、おずおずと腕にしがみつくスーザンを連れてもどったキャンピオンは、気づくと自分の立場もわきまえず、彼女が口を割らずにすむように祈っていた。

スーザンが進み出るとオーツは立ちあがり、ロウリーのほうも立ちあがって彼女を真正面から見つめた。

もしも彼女が老練な共犯者なら、彼のいぶかしげな顔を一瞥《いちべつ》しただけで合図をキャッチしていただろう。けれど——少なくともロウリーからすれば——不運なことに、スーザンは何ごとに関しても老練とは言えず、すぐさま悲惨な反応を示した。

「まあ、トニー」彼女は勢い込んで叫んだ。「いつもどったの?」

彼がすぐには答えずにいると、スーザンは部屋の奥へと視線を走らせ、警視のデスクの上のアタッシェケースに目をとめた。みるみるうちに顔が赤らみ、彼女はさっとロウリーをふり向いた。

「まあ、あたしが封印を破ったせいでひどくまずいことになってしまったの? ほんとにごめんなさい。ぜったいそんなつもりはなかったんだけど、仕方がなかったの。ほんとよ、トニー、仕方がなかったの」

彼女はオーツに目をやった。

「封印を破ったのがそれほど大変なことですの? だってほら、何も盗られてはいません。その包みの中身はあたしが彼から預かったときのままだわ。すべてそろっているはずよ」

何とも見あげたことに、ロウリーはこの破滅的な瞬間に声をあげて笑った。

「そのとおりだよ、お嬢さん」彼はとつぜん彼女に両手をさしのべた。「きみの言うとおり、何も盗られてはいない。それで事情は大いにちがってくるはずだ」

オーツが満足げに吐息をつき、

「じゃあ認めるんだな……？」と切り出した。

「ちょっと待ってください」アンソニー・ロウリーと称する男はスーザンの手を放し、謝罪と悔恨が入り混じった奇妙な笑みをちらりと彼女に向けた。それから、ぶらぶらデスクのほうに歩を進め、「ざっと経緯を説明したいんです」

オーツは椅子の背にもたれた。

「ほう、そうか、経緯をな？　いい度胸だ」

悪党は肩をすくめた。

「説明させてください」とくり返す。

むろん、この状況ではそうする以外なかったので、オーツはぶっきらぼうに受け入れた。

「まずはわれわれで話を聞き、そのあと速記を取らせよう。言ってみろ」

ロウリーはかたわらにやってきたスーザンから離れて歩きだし、

「下卑《げび》た虚栄に関する、しょぼい話なんですがね」と切り出した。「ぼくは二週間ほどまえに、自分とは少々住む世界のちがうミス・チャッドと出会いました。そして彼女の気を引くために、ついつい政府の重要なポストに就いてるようなことを言ってしまったんです」

「トニー！」スーザンがぞっとしたように小さな叫び声をあげた。

ロウリーはちらりと彼女を見やり、

「ごめんよ、別嬪《べっぴん》さん。だがここは警察署だからね。法の執行機関の手にかかったら、赤裸々な事実を述べるしかないものなのさ」

「それで？」オーツが不機嫌にうながした。「だからどうした？」

「どうもしません」ロウリーはきっぱりと言った。「とくには何もありませんでした、つまり、彼女がぼくの話を信じたことを除けば。そのちょっとした嘘のおかげで、ぼくはまやかしの威信をどっさり手に入れた。事実を正直に話すより、はるかにすてきな効果がありました。ご存じのとおり、ぼくの経歴はあまり輝かしいものじゃありませんから。結局のところ、二度も住居侵入で有罪になった失業中の自動車セールスマンなんて、新進気鋭の——今が盛りと言ってもいい——外交官ほどロマンティックには見えませんからね」

「トニー！」スーザンがまた声をあげたが、今度は彼女には目もくれず、ロウリーは歯切れよく続けた。

「すべてがうまくいっていた。少なくとも——ええと——思わぬ偶然がふりかかるまでは。月曜の夜、国会議事堂《ウエストミンスター》の近くでタクシーを拾ったぼくは、車内で大きなマニラ封筒を見つけたんです。たぶんまえの乗客が置き忘れたもので、中身はあなたが多大な興味を示しているその書類でした。正直言って、ぼくはわざわざ目を通そうともしなかった。小さな活字は大嫌いだし、どのみち、ろくに字が読めないのでね。それでも公文書らしきものだということはわかったので、はたと思いついたんですよ——こいつをさも重要そうな包みに入れて、スーザン嬢にあずけようとね。残念ながら、ぼくは彼女を見そこなっていたんです。彼女は当然、女らしい好奇心に負けて包みを開くはずだし、そうすればぼくが自称どおりの重要人物だってことが一目瞭然になると考えたんですよ。よもや彼女がこの件を丸ごと当局に持ち込むほど良心的だとは思わなかったな」

「もしもそれが事実なら、トニー、二度とあなたとは口をききませんからね」スーザンは激しい怒りと屈辱に青ざめていた。

「むしろそれが事実でなけりゃ——その可能性は大だが——あんたはもう、こいつと口をきく機会はろくになかろうよ」警視がぶつぶつ言った。

ロウリーは腰をおろした。

「まったく、子供じみた見栄ってやつは困ったものだ。決まって事実は身も蓋もないんですよね？」

「でもトニー、それは作り話でしょ。ちっともあなたらしくない。ねえ、作り話だと言って」スーザンがそう言いながら近づいてゆくと、逃げ場を失ったロウリーは、彼女の顔を見つめて、かすかにゆがんだ笑みを浮かべた。

「人生は粗野な話でいっぱいなんだ、お嬢さん。これを手痛い教訓にするんだな。ツバメが一羽いても夏とはかぎらないし、公文書の包みをひとつ持っていたからって――残念ながら！――政府の高官とはかぎらないのさ」

スーザンはあっけにとられて彼を見つめ、ややあって、恥も外聞もなく叫びはじめた。

「まあ、あなたなんか大っ嫌い」声がしゃがれている。「前代未聞の卑劣な、おぞましい悪党よ。もう二度と顔も見たくない」

オーツが気遣わしげにキャンピオンを見やると、キャンピオンは優しく彼女を部屋から連れ出した。ロウリーはじっとその場を動かず、両目を細めて警視を見つめている。オーツはデスクの上に身を乗り出した。

「たいそう利口にふるまったつもりなんだろうな？」

「いや。賢明にふるまったつもりです」とロウリー。「賢明に、なおかつ、ぼくなりに紳士的にね」

「賢明だと！」警視は怒りを爆発させた。「こんなものをタクシーの中で見つけたなんて駄ボラが通用すると考えてるのなら、頭がどうかしてるよ」

さきほどから柄にもないあきらめの表情になっていたロウリーは、一瞬かすかな笑みを浮かべた。

「それは誤解だ。ぼくはそんな話をあなたに信じてもらえるなんて思っちゃいません。だが、あなたなら確認できるはずですよ。その書類に印刷された住所に誰かを送ってみましたか？」

オーツは答えなかった。私服刑事の一人が送ってよこしたメモが目のまえのデスクに広げられ、それには簡潔にこうしたためられていたのだ。〈住所は臨時宛先。管理人はその筋の者。有益な情報を得られる望みは、万にひとつもなし〉

ロウリーが立ちあがった。

「いずれまた、お呼びがかかるんでしょうね」彼は静かに言った。「たんにちょっと、挨拶を交わすためだとしても。さしあたり、そちらは法律顧問とでも相談したほうがいいんじゃないのかな？　あなたの独創的な仮説には賛辞を呈したいところですがね、事実はそれよりはるかに単純で、はるかに人間臭いものだったんですよ。いかに悪賢い人間でも、女性の気を引くためには馬鹿なことをしでかすんです」

オーツはそっけない笑い声をあげ、

「いかに悪賢い人間でも、常に逃げおおせるとはかぎらんぞ」と苦々しげに言った。

「いずれはとっつかまえてやるからな。待ってろよ」

「ああ、お待ちしてます」ロウリーは請け合った。「ぼくの住所はご存じでしょう」

キャンピオンはひとり歩道にたたずみ、ブライアンとスーザンを暗闇の中へと運び去ってゆくタクシーを見守った。さきほどブライアンが守るように腕をまわすと、スーザンは感謝に満ちた様子で受け入れていた。あれを見たかぎりでは、若き戦士の休暇の最終日は初日よりも満足のいくものになりそうだ。

オーツと少しばかり話しにもどろうとしたとき、庁舎の薄暗い戸口からぬっと人影があらわれた。見るとロウリーで、月明かりの中をキャンピオンに歩み寄ってきた。

「あなたはあの晩、オーツと一緒にあの酒場にいましたよね。ひょっとしてぼくはあのとき、彼のことをおかしなおじいちゃん《オールド・ダック》と呼んだかな？」

「ええと——ああ、そうだ。呼んでいたようですよ」

「馬鹿だねえ」とロウリー。「馬鹿なまねをしたものだ。ぼくはいつもやらかすんですよ。ついてないな。虫の知らせというか、ふと連想したことを口にしてしまう。どういう意味かわかるでしょう?」

「いや——どうもぴんとこないな」

「ほら、例の童謡」ロウリーは興奮した口調で言った。「あの歌詞を憶えてませんか? たしか〝丸々太った鴨《ダック》さんが、ゴクリとカエルを呑み込みましたとさ〟というんじゃなかったかな? とにかく、スコットランド・ヤードの警視をカモ呼ばわりするとはね」

「ああ」キャンピオンははたと思い出した。「あのカエルの歌か」

相手はため息をついた。

「カエルは出かける、求婚に……」と口ずさみ、「いや、それにしても可愛い娘《こ》だったな。ほんとに可愛い娘だったし、じつにすてきな考えだった」

彼らは暗い通りの先に目をやった。

「あーあ、やれやれ《ヘイホー》!」とアンソニー・ロウリーは童謡の続きを口ずさんだ。

キャンピオン氏の幸運な一日

Mr. Campion's Lucky Day

その豪奢《ごうしゃ》なフラットにアルバート・キャンピオン氏が着いたとき、スタニスラウス・オーツ警視は今しも、不本意な結論に達したところだった。ここの居間で死んでいる男を殺したのは、結局のところ、チッピー・フィッグではなさそうだと。

やつれた顔を不安のあまり土気色《つちけ》にした当のチッピーも、しばらくまえからこの簡易キッチンでやきもきしながらそう主張していた。

「今日は夕方からずっと叔母さんちにいたんだよ」チッピーはキャンピオンが何やら嬉々とした様子で戸口にあらわれたときにも、しきりに抗議していた。「それはぜったい、叔母さんも請け合ってくれるはずだ」

「そうだろうとも、坊や」オーツは憂鬱《ゆううつ》げに言った。それから首をめぐらし、角縁《つのぶち》眼鏡をかけた細身の新来者に目を向けた。「やあ、キャンピオン、待ってたぞ。ちょっとこっちへ来てもらえるか？　じつの話、にやけた顔をしてる場合じゃないんだよ」

警視は旧友の肘をつかむと、今では警官だらけの広い廊下をずんずん突っ切った。煌々《こうこう》と明かりのともった居間に入ってドアを閉めると、苛立《いらだ》ちが一気に噴き出した。

「ほんの十分まえには、単純きわまる楽勝の事件をきみに見せられそうだったんだ。ところが、そっちがにこやかに乗り込んでくるや、妙な具合になっちまったのさ」

キャンピオンの笑みは、現場を目にするなりかき消えていた。彼はカーテンが引かれた窓のまえのデスクに突っ伏した、ぶくぶく太った禿げ頭の中年男の巨体を見おろした。

「あまり見栄えのする光景じゃないな」と厳しい口調で感想を述べ、「射殺ですか？」

「ああ。ドアのほうから撃たれてる。即死だよ。被害者はこのフラットの主《あるじ》で、独り住まいだった」

「なるほど。あの紫色のスーツを着た御仁のしわざじゃないんでしょうね？」

「チッピーか？　いや。ありえない。そこが頭の痛いところさ。リチャーズ巡査はチッピーの叔母の家のとなりに住んでいて、裏口から隣家の明るいキッチンを見通せるんだがね。チッピーは間違いなくそこにいたそうだ」オーツはしばし言葉を切ったあと、「なあ、キャンピオン、考えてみてくれ。今は夜中の十二時だ。われわれは二時間まえに、ここの上階の部屋に住んでる医師から通報を受けた。その内容は――」

キャンピオンは咳払いした。「そのまえにまず、被害者について話してください」

「ええと――」オーツは口ごもり、「――彼はフェーンという名で、あまり愉快な男じゃなかったようだ。競馬や、その他のもっとうさん臭い方法で財を築いた」

「闇市で？」

「今のところ証拠はないが、その疑いは大いにあるな」

「おやおや」キャンピオンは穏やかに言った。「それじゃ医師の話を続けてください」

「彼は十時に電話をよこし、ごく簡潔にことの次第を伝えてきた。それによると、彼はフェーンと少々面識があり、六時十五分まえに、ひどい頭痛に効く水薬を渡しにここへ立ち寄った。フェーンはじきにチッピー・フィッグが来るからと言って、寝床には就こうとしなかった。医師は少し離れたところで開かれるカクテルパーティに六時までに着くようここをあとにした」

「その医師はフィッグを知っていたんですか？」

「多少はな。ここの住人たちはみな知っていた。やつは派手な男だし、木曜の晩はいつもフェーンを訪ねてたんだ。いっぱしの私設馬券屋なのさ」

「フィッグについて、ほかに気になる点は？」

「いくつかある。やつは先週、被害者と派手な口論をして、それをビルじゅうの人間に聞かれてる。それに今夜、医師が〈エクリプス・スポーツ愛好家クラブ〉にいると、早くフェーンのところへ行けというロンドン訛《なま》りの謎めいた電話がかかってきた。そこで急いでもどってみると、ここのドアには鍵がかけられておらず、中ではフェーンがご覧のとおりの状態で倒れてたってわけだ。遺体はまだ温かく、ラジオがガンガン鳴り響いていたそうだ」

　キャンピオンはラジオに目をやった。「それはかなりパワフルなんですか？」

「すごいものさ。下の階の夫婦によると、六時十分まえから医師が遺体を発見したあとスイッチを切るまで、大音響がとどろいていたらしい。それじゃ銃声は誰にも気づかれなかったはずだ」

「はた迷惑な話ですね。何かを目にした者は？」

「いない。守衛が言うには、今夜は訪問者を見てはいないが、何度かホールを離れたから、見逃した可能性もあるそうだ。つまりフィッグはこっそり入り込むこともできたわけだが、さっきも話したとおり、完璧なアリバイがある。結局、やつが姿を見せたのは、われわれが着いたあとだったのさ」

「運のいい男だ。遺体を発見した医師に会わせもらえますか？」

「いいとも。まだ上階のフラットにいるはずだ。すでに話したこと以外に何か思い出せるかどうかは疑問だがな」

キャンピオンは何も答えず、数分後に医師が足早に室内にあらわれたときにも、口をつぐんだままだった。

「たしかに彼とはさほど親しくはなかったが」医師は死んだ男のほうに手をふり動かした。「やはりショックだったよ。そう、ただならぬショックだ。気の毒に、こちらが見つけたときにはまだ温かかったんだがね。手のほどこしようがなかった」

「そうでしょう」とキャンピオン。「心臓を撃ち抜かれたのではね。ところで、先生、あなたはこの近辺で手広く診療をされているのですか?」

「とんでもない。わたしはすでに引退した身だぞ」医師は苛立ちをのぞかせた。「その点は、はっきり述べたつもりだが。残念ながら、町医者の暮らしはわたしにはせわしすぎるのだ。医業からは六年まえに退《しりぞ》いた。それで、フィッグは取りおさえたのかね、警視?」

「はい、ですがあの男にはアリバイがありまして」

「アリバイ? しかし、断じてあれは……」医師は口にしかけた言葉を呑み込んだ。

オーツはすかさずそれに飛びついた。

「あなたは電話であの男の声に気づいたと言われるつもりだったのでしょうな」

「いやいや、そこまで断言はできない。だがあのときふと、どこか似た声だと考えたことは認めざる――ややっ、何ということを！」

最後の叫びは、キャンピオンに向けられたものだった。彼はとつぜん進み出て、デスクの上から死体を全力で引きずりあげていたのだ。

見るもおぞましい光景だった。硬直しきった身体はひと塊《かたまり》に持ちあがり、左右の膝を曲げたまま、両手と首をまえに突き出している。

「死後硬直がかなり進んでいるな」今しがたの奮闘で、少々息を切らしながらキャンピオンがつぶやいた。

「いやはや、たしかに。予想よりはるかに進んでいるようだ」医師は両目を見開いていた。「むろん、そういうこともあるのだが。死後ほどなく硬直した例も知っている。死体痙縮《けいしゅく》とわれわれ医師が呼ぶものだ。この場合は……」

その先は続けられなかった。キャンピオンは死体をつかんでいた手を放し、元の位置にもどらせていた。もういっぽうの手には、びっしり数字が書き込まれた小さな紙が握られている。メモ帳から破り取られたとおぼしきその紙は、これまで死者の頭の下に隠れていたのだ。

メモから視線をあげたキャンピオンの両目は、冷ややかな光を帯びていた。「被害者にいくらの借りがあったのですか、先生？」彼は静かに尋ねた。「さぞや、しつこく返済を迫られていたのでしょうね。凶器の回転式拳銃《リボルバー》はどうしたのです？　クラブに残してきたのかな？」

「それはきみ、無礼きわまりない言いがかりだぞ。すぐに弁護士を……」

「おいおい、キャンピオン……」オーツが気遣わしげに切り出す。

キャンピオンの声、がそれをぴしゃりとさえぎった。「フェーンの勝ちです、先生。あなたは彼を撃ち殺したかもしれないが、罪を告発されることになるでしょう――このメモに」

キャンピオンがさし出した紙をオーツがひっつかむと、医師は警視の腕ごしに目をこらした。

「今日の競馬の獲得賞金が書き連ねてあるだけじゃないか」医師は腹立たしげに言った。「こんなもの、何の証拠にもならん」

キャンピオンのほっそりした人差し指がひとつの項目をさし示した――〈四時半、アイアンオール、六―四の勝ち、一三三ポンド六・八〉

オーツが当惑したように目をあげた。「わからんな。いったい何を言いたいんだ？」

「アイアンオールは勝たなかったんですよ」とキャンピオン。「たしかにゴールポストを真っ先に駆け抜け、午後の新聞の速報では勝ち馬と報じられたが、レース中に馬体がぶつかる場面があって、審議の対象になっていたんです。失格の件は、のちのスポーツニュースで伝えられました。もしもフェーンが六時にラジオをつけたままここにすわっていたのなら、とうてい聞き逃すとは思えない。ただし……」

「ただし？」

「すでに死んでいたのなら話はべつです。こちらの先生は自《みず》から、六時少しまえに彼を訪ねたと――あっ、早く、オーツ！」

警視のタックルをかわしてだっと駆け出した医師は、玄関ホールで二人の巡査に行く手をふさがれた。

その後の騒ぎに乗じ、常に好機を見逃さないチッピー・フィッグは静かにその場を立ち去った。


ようやく事態が落ち着くと、オーツ警視はあちこちキャンピオンの姿を捜しまわった。彼が至福の笑みを浮かべて寝室ですやすや眠り込んでいるのを見つけると、警視は大喜びで揺すり起こしてやった。

「どうして見破ったんだ？」と詰問口調で尋ねる。

キャンピオンはあくびをした。「医学的な証拠からですよ。ひどい頭痛に悩まされてる男が、ガンガン鳴り響くラジオのそばにすわっているとは思えないでしょう? それに死体痙縮はご存じのとおり、瞬時に起きるものです。ところがあの医師は遺体の発見時にはそれに気づかなかった。ゆえにあれは通常の死後硬直であり、ああなるまでには数時間を要したはずです」

オーツは声をあげて笑った。「なるほどな。しかし、やはりきみは運がよかっただけだ。たまたまあのレースの詳細を知っていたにすぎん。今日はつきに恵まれた一日だったのさ」

キャンピオンの笑みが広がった。「まさしくね。ぼくは二着の馬に十ポンド賭けてたんですよ。それで詳しく知っていたんです」

オーツはうなった。「穴馬だったのか?」

「オッズは五十対一でした」

「へぇっ、そいつは何て馬なんだ?」

「アマチュア」キャンピオンはささやくように言った。「だから応援したくなったんですよ。あまり賭け事は好きじゃないんですけどね」

面子《メンツ》の問題

Face Value

「いささか心外にも――」と、サー・テオは慣れない手書きの文字で綴《つづ》りはじめた。彼の周囲には巨大なデスクが広がり、壮麗な室内には張りつめた静寂が垂れ込めている。「心外にも、わたしは長きにわたる奮励努力の末、それなりの成果はあげたと自負している職業人生の終盤に、犯罪捜査部のそこそこの地位にある刑事から――声をひそめてではあるが――**〈威張りくさったクソじじい〉**呼ばわりされるはめになった」

サー・テオはそこでしばしためらい、さきほど秘書のミス・ケディが自《みず》ら買いに走った筆記帳の薄青い罫線の上で、彼のペンがくるくると宙に小さな円を描いた。「威張りくさったクソじじい」と、今度は小文字でもういちど書き、「齢《よわい》五十三といえば――先の戦争における種々の貢献がいくらか基準になるとすれば――まだまだ老いぼれのうちには入るまい。それが〝クソじじい〟呼ばわりされたとなれば、多少とも分別のある」（消去）「遠目のきく」（消去）「誠実な」（アンダーライン）「男なら、猛然と考えさせられるはずである」

サー・テオは、この巨大企業の初代会長だったサー・ジョゼフから受け継いだみごとな椅子の背にもたれ、書いたばかりの文章に目を走らせた。きれいに髭をあたった端正な顔にちらりと落胆の色を浮かべると、やおら眼鏡をはずし、契約書を読むために取ってあるひん曲がった鼻眼鏡をかけた。そして、自分のほかには人っ子一人おらず、ドアも施錠されているのを確かめると、声に出して言った。

「愚かしい見栄をはることはない！」彼はふたたび身をかがめて書きはじめた。

「わたしにはひとつだけ天賦の才があり――今日《こんにち》の成功はひとえに勤勉な努力のたまものだとはいえ――ときにはその才能を鼻にかけているように見えたかもしれない。人は誰しも欠点を持つものだ《ネモ・モルタリウム・オムニバス・ホリス・サピット》。ともあれわたしは事実、ことあるごとにその才能に触れ、〝いちど見た顔は決して忘れない〟と豪語してきた。それはわたしを知る誰もが認めるはずの才能なのだ。わが家族、二十年来の秘書であるミス・ケディ、役員会の面々、親しい付き合いの判事たち。さらには、わたしが――この年齢《とし》で！――共に奉仕する栄誉を得た南部防衛隊の将校たち。その誰もが、わたしは少々威張りくさっているかもしれないが、決して他人の顔を忘れないと請け合ってくれることだろう。

その才能は何度も実証されてきた。あのロバート・セント・ジョンが巨大な黒い顎《あご》鬚《ひげ》を生やし、三十年ぶりにクラブに姿をあらわしたとき、彼が酒の注文すらしないうちに正体を見抜いたのは誰だろう？　それにいつぞや――いや、こんなことを言いつのる必要はない。わたしの才能は疑うべくもないものであり、今ここで考えなければならないのは、もっと複雑な問題なのだ。

では、ニコラス・パリッシュの件に移るとしよう。この若者は戦争がはじまる数年まえに、わたしが会長を務めるこの企業に入社してきた。わたしは彼の父親と面識があり、父親のほうにはあまり好意を抱いていなかった。しかしわたしという人間は、その種の事情がある場合、当の若者を疎《うと》むよりはむしろひいきにする傾向がある。クソじじいなりに、公平になろうとしているのだ。

若いパリッシュは男前でなくもないのだが、わたしの年寄りくさい基準からすると、少々派手な感じがする。以前にいちど、このオフィスで彼と会った妻によれば――どういう意味かは測りかねるが――〝危険な香り〟のする男だという。

彼は当初からみごとな手腕を発揮した。いくらか型破りなところがあるものの、それを制御する才覚はあるからまったく問題なかったし、仕事を最後までやり遂げる非凡な能力があり、こちらはそこが大いに気に入った。一時はわが社の新たな〈心理戦略部〉の責任者にしたほどだ。

当時のわたしは〝無能な〟素人集団からなる軍の一機関の〝無能な〟素人大佐として、南海岸の一角に赴任していた。神の恩寵により、ついぞ敵の攻撃を受けずにすんだ地域だ（クソじじいかもしれないが、決して馬鹿ではないのだよ、警視殿）。

パリッシュはきわめて有能な曹長だった。われわれ二人を戦友と呼ぶのは無理があるだろう。ここに勤めて久しいわたしは、こんな大企業のトップと終生その配下にとどまるしかない男たちのあいだの友情など、幻想にすぎないと心得ている。それでも、わたしたちはごく円滑にやっていた。そう言ってさしつかえないだろう。じっさい、ごく円滑にやっていたのだ。

戦後、二人はそれぞれのデスクにもどった。ほどなく、彼のデスクは少しばかり大きくなった。わたしのほうはずっと同じで、取引銀行のシャーマンによれば（彼の趣味は仕事とは関係のない数字を憶えることなのだが）、何と、世界で二番目に大きなデスクだという。

その後もわたしたち、パリッシュとわたしの付き合いは、決して社交的なものにはならなかった。わたしの自宅の〈テオボールド・パーク〉は田舎にあるし、妻がこのご時世では精いっぱいのささやかな催しを開くさいにも、彼女の秘書の招待者名簿にうちの下っ端社員の名前が書き加えられることはないからだ。それでもときにはランチを共にし、パリッシュが少々浮薄だが愉快ではある〈ワードローブ〉を紹介してくれたお返しに、こちらは彼をクラブに連れていった。ちなみに、彼は入会希望の申請をしたようだ。仮に百歳まで生きれば、死ぬまえに審査に付される望みもあることだろう。

ざっとそんなところが、先の十月二十三日にいたるまでの状況である。例の警視が執拗に興味を示しているその日の夜は、連隊の記念晩餐会が開かれた。わたしは簡単なスピーチを依頼され、じつのところ、その草稿についてパリッシュに意見を求めていた。彼はたいそう協力的だった。わたしのちょっとしたジョークに反応し、あの黒っぽい目を躍らせていた姿が今も目に浮かぶ。

わが社から参加する武官はわれわれ二人だけだったから、一緒に行くのが当然のように思えた。すでに例の警視と、彼の三度目の訪問についてきたキャンピオンとかいう奇妙な得体《えたい》の知れない男にも話したとおり、どちらが先に言い出したのかは記憶にない。ごくあたりまえのことだから、あえて口にするまでもなかったということだろう。それに正直言って、パリッシュがわたしに指図がましい口をきくとは思えない。ことの大小を問わず、いかなる決断においても、わたしは常に主導権を握る人間なのだ。

その夜の外出にほんのわずかでも異例な点があったとすれば、それはわたしのほうが車で彼を迎えにゆくと申し出たことだろう。モーター通りにあるパリッシュの家は、ちょうどどうちのクラブと晩餐会が催された〈ポーチェスター〉の中間地点にあったのだ。

例の警視――ずんぐりした執念深い男――は是が非でも、パリッシュのほうから迎えを求めたのだとわたしに言わせようとした。そんな馬鹿な話があるものか。警視よりは年下のキャンピオンなる男(一種のコンサルタントのようで、あの薄ぼんやりした青白い顔は、どこか意外な場所――ひょっとすると上院のバーあたりで見かけた記憶がある)のほうは、いくらかやんわり探りを入れてきた。相手が目下の者でも礼儀上、拒めない場合もありますからね、と。しかし、それにも同意はしかねた。ここではわたしがいわば船長であり、わたしがモーター通りへ行ったからには、すべてわたしが取り決めたはずなのだ。たしか夜間の駐車は困難だから、二台の車で行くのは馬鹿げているとパリッシュと話し合ったと記憶している。

彼の自宅は感じのよい二階屋で、さぞかし家賃は高額なのだろうが、それだけの価値はありそうだった。ロンドン市内の田舎屋《コテージ》といった趣《おもむき》で、小ぢんまりとしていながら風格がある。とりわけ、鉛ガラスの照明とフリルのついた木綿のカーテンが目を引いた。そのカーテンのあいだから麗《うるわ》しい女性が外をのぞき見ていたのだから、まさに懐かしの〈ゲイエティー座〉の舞台さながらだ。そんなわけで、パリッシュが走り出てきて、ちょっと時間を読み違えていたので二十分ほど余裕があると言われると、わたしは大喜びでその家に足を踏み入れ、彼と極上のドライシェリーをかたむける気になったのだ。

哀れな愛らしい細君！　花柄のふかふかのカウチに埋もれんばかりになっていた彼女が立ちあがり、まるで旧友のようにわたしを迎えてくれた。好ましい控えめな光の中で、小さな顔がぱっと輝き、両目がきらめくのが見えた。警視にはひどく目障りだとみえる老醜を気にもとめないその歓迎ぶりに、いっそう心が温まるのを感じたものだ。

彼女はわたしに両手をさしのべた。『サー・テオ！　わたくしを憶えておいででしょうか？』

むろん、忘れるものか！　わたしは喜んで彼女にそう告げた。この報告書は特殊な目的のためのものだから、認めてしまってもかまうまい――この手につかんだ彼女の両手の震えを感じたときは、その種の接触で久しく得ることがなかったほどの快感を覚えた。

当然ながら彼女の顔は憶えていたが、それだけではない。パリッシュがブラビントンの話を持ち出すや、わたしはあの駐屯地のどこで、いつ彼女に紹介されたか話してやった。軍を離れる直前に、あるスポーツ大会で引き合わされたのだ。当時は彼女自身も軍に所属していた。ああした組織の分厚い制服は、高価なバラ色のシルクのガウンほど女らしい体形をさらさない——端《はな》からそんな意図はないからだ。いきおい、この二度目の対面で彼女の印象はぐっと強まり、わたしたちはその快い部屋で肩のこらないおしゃべりをした。

このささやかな一幕については、すでに何度も尋ねられ、事実を包み隠さず話してきた。若い二人は神経をとがらせていた。それは認めるが、とくに奇妙だとも、不穏な兆候だとも思えない。初めてサー・ジョゼフを自宅に迎えたときは、わたしと妻も大いに神経をとがらせたものだ。

わたしたちはすばらしいシェリーをかたむけながら、無意味なおしゃべりをした。というか、主としてパリッシュ夫人の魅力について、わたしが一人でおしゃべりしたのだが。やがて彼らの時計が三十分すぎの時報を打ち鳴らすと、パリッシュとわたしは晩餐会の会場へ向かった。

哀れな愛らしい細君！　彼女は戸口まで見送りにきて、夫に口づけしたものだ。彼らは晴れやかな笑みを交わしていた。ただし、ひとつだけ奇妙に感じられたのは――こうして書いてみて初めて思い出したのだが――彼女は肩掛けひとつ羽織ろうとせず、寒くはないと断言していたのに、わたしがあの金色の頭のほうに身をかがめると、歯をカチカチ鳴らしているのが聞こえたことだ。最後に見たとき、彼女は明るい緑のドアの奥からわたしたちに手をふっていた。それから数時間後に警察からのメッセージがテーブルに届けられるまで、パリッシュはただのいちどもわたしのそばを離れなかった。

わたしは彼がウェイターからメモを受け取るのを目にし、そのあと何やら中座の言い訳を口にするのを耳にした。けれど、彼が何の用事で呼ばれたのかは知るよしもなかった。そのころには各人のスピーチも終わり、責務を果たし終えたわたしはほろ酔い機嫌になっていた。戦時中は自分が兵士には向かないことに気づかされたものだが、平和になった今では二倍もそれを痛感している。

恐るべき知らせを受けたのは、クラブにもどって部屋に引きあげた直後のことだ。ジョンソンがあたふたとやってきて、スコットランド・ヤードの刑事がお会いになりたいそうですが、とわたしに告げたのだ。

それが例の警視から受けた最初の訪問で、彼は不躾《ぶしつけ》にニュースを切り出した。その夜の九時半に、とつぜんパリッシュ夫人を訪ねてきた妹が彼女の遺体を発見したという。寝室に倒れた夫人は頭を砕かれ、あの愛らしい顔を見る影もないほどめった打ちにされていた。メイドは夜じゅう出かけていたが、どうやら妹は合鍵を持っていたようだ。

警視は名誉棄損で訴えてやろうかと思うほど無遠慮に、わたしが〝亭主〟(彼は気の毒なパリッシュをそう呼んだ)の〝潔白〟を証明できるか尋ねてきた!

わたしはすぐさま彼を追い払ってやった。パリッシュは片時もわたしのそばを離れなかったと言って。

ところが翌朝、こちらが起きてもいないうちに、警視はふたたびやってきた。彼は予告もなしにふらりとあらわれ、いささか度肝《どぎも》を抜かれたことに、わたしに寝床を離れるように求めた。一緒に死体置き場へ行って、遺体を確認しろというのだ。わたしはその不快な体験を避けるべく、あらゆる努力を払ったことを認めよう。だが電話を受けた役立たずの弁護士は、にべもなく明快きわまる意見を述べたので、ついにわたしは警視の求めに応じることにした。

わたしたちを乗せた車が冷え冷えとした場所に着き、そこでわたしは予想どおりのものを見せられた――残虐無比な暴力の犠牲となった、花も盛りの金髪の女性だ。

例の警視は――知り合って間もない二人の男がこれほど反目し合うのは前代未聞の話だが――しきりにわたしを攻めたてた。目のまえのこの女性は、たしかに昨夜会った女性だと断言できるかと。頭がどうかしているのではないかと疑った。こちらはパリッシュの家で、以前から面識のあるパリッシュの細君に会ったのだ。しかもすでに彼女の親族が、このおぞましい残骸をあの哀れな女性の遺体と確認しているはずではないか。

わたしはそこから解放されるのを待って、警視に相応の報いを与えてやった。オフィスに着くなり、ミス・ケディに電話で警視総監を呼び出させ、ひとことふたこと話してやったのだ。それで決着はついたと思うのが当然だろう。ところがだ！　次にこちらの時間が空くや――すでに夜になっていたというのに――懲りない警視はまたもやあらわれた。今度は例の、キャンピオンなるコンサルタントを連れて。

わたしはアルバート・キャンピオンが気に入ったとは言えないが、それでもあの男が無礼でなかったことはたしかだ。ふるまいは紳士的だったし、あの角縁《つのぶち》眼鏡の奥の薄青い目には知性が感じられないこともない。彼は愚直な犬のように背後につき従った連れの言葉を制し、正直言ってわたしには初耳だったゴシップを口にした。

パリッシュの親しい友人たちが、あの夫婦は不仲だったとほのめかしていたというのだ。信じがたい話だったが、たしかにその種のことをたったいちどの短い訪問で判断するのはむずかしい。キャンピオンが断言したところによれば、ある事務弁護士が離婚手続きに関する相談を受けたものの、結局、夫人は法的手段に訴えるのを拒んだそうだ。また、巷《ちまた》の噂では、パリッシュは女関係が派手なことで知られていたという。相手はタイピスト、店の売り子、駆け出しの女優といった連中だ。まあ、それはこちらの知ったことではないが。キャンピオンはさらに、夫婦はべつべつの寝室を使い、食事も決して共にはしなかったと言った。わたしはかぶりをふった。まったく他人の生活には驚かされるばかりだ。

そうこうするうちに、とうてい付き合いきれないほど話が長引いていたので、わたしはとうとう、要は何が言いたいのかと尋ねてやった。たちまち警視がしゃしゃり出て、独りよがりな尋常ならざる仮説を持ち出した。いわく、パリッシュはわたしが家に来るまえにたっぷり妻を殺す機会があった。そしてその後、わたしをべつの女に会わせ、以前ブラビントンで紹介された彼の妻だとまんまと信じ込ませたのだ……。

あまりに馬鹿げた無礼千万な言い草なので、わたしの特異な才能を話してやった——いちど見た顔は決して忘れないのだと。さらに、それはいつでも法廷の証人席で述べる用意があると言い添えた。旧友のブロッサム控訴院裁判官なら、この控えめな自慢話が事実であることを保証してくれたことだろう。

そのあと、ようやく腰をあげた警視が部屋から出ながら口にしたのが、例のあの、この報告書の冒頭で触れた――ミス・ケディをいまだに動揺させている――暴言である。威張りくさった、クソじじいめが。

ややあって、驚愕から立ちなおったわたしは、キャンピオンとやらがまだ室内にいることに気づいた。あれは妙に愛嬌のある男だ。

『熱意は礼儀を欠くものですね』と言ったあと、彼はわたしの証言の明快さについて、ちょっとした如才《じょさい》ないお世辞を口にした。ほどなく――どうしてそうなったのかは記憶にないが――わたしたちはほかのさまざまなことをなごやかに話し合っていた。彼はうちのクラブがときおり春の大掃除のさいに支援を受けている、〈ジュニア・グレイズ〉の会員であることがわかった。

しばらくすると、キャンピオンがわたしをわずらわせまいとして、何かを切り出しかねていることに気づいた。礼儀正しい者にはそれなりの気遣いをするわたしは、こちらから水を向けてみた。すると彼は――本人も認めていたとおり――たいそう奇妙な頼みごとを口にした。一緒に花を買いにいってほしいというのだ。

たんにあの男を喜ばせるために、なぜわたしが出かけていったのか。それは、このエピソードの唯一の謎として残しておくしかないだろう。

わたしたちは明るい照明のともったメイフェアの花屋へ行った。葬式じみた臭いのただよう蒸し暑い店内に入ると、若い女性の売り子が注文を聞きにやってきた。つかのま、どっと不安がこみあげた。あの身のこなし、勢い込んだ歩きかた、両目の輝きもそっくりだ。けれど、すぐにわたしの勘違いだと気づいた。例の警視のせいで、いつもは冷静沈着な人間が妙な想像をしてしまったのだ。こちらの娘はヨーロッパ系の人間にはまず見られない黒々とした髪で、蠟《ろう》人形のように青ざめた顔をしているうえに、両目は伏せられたままだった。服はこれといった特徴のないもので、声は蚊の鳴くような感じだ。

キャンピオンはまだ決心がつかないのかとあきれてしまうほど、その娘からわずかばかりのスミレを買うのにぐずぐず手間取った。それでもようやく店から出ると、わたしたちは街灯のそばの湿った歩道にたたずんだ。

彼は警察の手先などという忌まわしい仕事には向きそうにないあの柔和な笑みを浮かべて、静かに切り出した。『もちろん、あの女性はとても記憶に残りにくい顔をしています、サー・テオ——あなたですら、忘れてしまいかねないような』

『誰がだね?』とわたし。『今の売り子か? いやきみ、もういちど会えばすぐにわかるはずだが――もう二度と会うことはなかろう』

それを聞くとキャンピオンはため息をついた。『まあ、そういうことなら、たしかに二度と会われることはないでしょう』それから、驚くほどすばやく一枚の写真を取り出し、光の中にかざしてみせた。軍服姿の女が写った不鮮明な今どきのプリント写真だ。彼女はパリッシュ夫人とよく似たタイプで、それを言うなら花屋の娘とも似ていたが、なにせ写りが粗雑で、あまり美人には撮れていなかった。子供じみた丸っこい顔で――生気がない。

わたしは彼の意図を察して微笑んだ。

『憶えているよ、彼女もこんなふうだった――ブラビントンで会ったときには。だが心配は無用だ、キャンピオン。わたしは決して忘れない。いちど見た顔は決して忘れんのだよ』

彼があきらめきった笑い声をあげ、二人はそこで別れることにした。最後に彼はわたしの手を握り、『なるほど』と穏やかに言った。『すばらしい天賦の才をお持ちです、サー・テオ――しかし、あなたの才能はそれだけじゃなさそうですね』」

太いペン先が動きをとめ、書き手が目をあげた。手が引きつって寒気がしていたが、小さな批判がましい唇は決然とひき結ばれていた。サー・テオはもういちどページをめくった。

「この記録をしたためたのは」と書き綴る。「前任者がつねづね口にしていたところによれば、人は重大かつ複雑な問題に直面したさいには、ひとり静かに腰をおろして熟考し、それを書きとめてみるべきだからである。のちの世代の教化のためではなく、己《おの》れの考えを明確にするためだ。

ここ数週間というもの、わたしは頭を悩ませてきた。先ごろわが社の南米支社でとつぜん悲劇的な形で空きが出たポストに、誰を送り込むかという問題についてだ。必要とされているのは臨機応変な行動力に富む男、敵方に劣らず狡知《こうち》にたけ、従来の道徳観にとらわれすぎない男だ。そしてまた、人間というものを理解している男。うまくいけば、彼はちょっとした独裁者になるだろう。下手をすれば、命を落とすことになるかもしれないが。

今しも海外部の責任者が電話のそばで待ちかまえている――今夜じゅうにわたしの決断を伝えると言ってあるのだ。

ニコラス・パリッシュを送り込むべきだろうか？」

サー・テオは筆記帳を閉じた。それからしばし頬杖をつき、部屋の向こうで燃えさかる石炭の炎が彼の黒い上着に深紅の光を投げ、リネンのシャツを斑《まだら》に染めるのをぼんやり意識しながらすわっていた。

やがてついに彼は立ちあがり、筆記帳を四つに引き裂いて炎に投げ入れた。黒焦げになった紙片の最後のひとひらが宙に舞いあがるや、ちらりと笑みを浮かべてデスクにもどり、受話器を取りあげた。

ママは何でも知っている

Mum Knows Best

〈鉄道保線員組合亭《プレートレイヤーズ》〉の巨大な円形の酒場の上に信号室さながらにぶら下がったミセス・チャップの〈小さな客間〉は、そんな晴天の暖かい晩の六時にしては、いつになく閑散としていた。ほんのわずかな常連客しか見当たらなかったが、それでも地元署のチャールズ・ルーク主席警部と、その旧友のアルバート・キャンピオン氏が姿を見せていた。

おりしも、キャンピオン氏は驚きに目を丸くしていた。

ルークが続けた。「おふくろ？　そりゃあ、わたしにだっておふくろはいますよ」さも心外そうに、大きく張り出した頬骨の上の菱形の目を精いっぱい見開き、「人を何だと思ってるんですか？　上から下まで制服姿で副総監の頭から飛び出してきたとでも？」

ルークは例によって、その言葉を補足するちょっとしたパントマイムをしてみせた。

直立不動の姿勢をとったその姿は、もぐりの仕立て屋の手になる大胆きわまる服を着た、ギリシャ時代初期の彫像さながらだった。「よしてくださいよ」ルークはふたたびテーブルの上にどっかと腰をおろした。「わたしにだって、ちゃんとおふくろはいます。ジャムの瓶を二本重ねたぐらいの背丈だが、しっかり周囲に睨《にら》みをきかせてますよ。勘が鋭い、っていうのかな」

ルークはとつぜん背中を丸め、上目使いにわたしたちを見た。そうして口をきゅっとすぼめると、不意にびっくりするほどあざやかに、新たな勇猛果敢な個性が浮かびあがった。

「おふくろは何でも、裏の裏までお見通し」ルークは続けた。「二十二カラットの光り輝く心を持った女で、ボウ教会（ボウ街はスコットランド・ヤード発祥の地）の鐘が聞こえるどころか、すぐそこに見える場所の生まれなんです。なのに、警官をろくに信用していない」そこで、にやりとキャンピオンに笑いかけ、「おふくろは犯罪捜査部の部長刑事だった父親を、メルボーン通りの手入れで亡くしてるんです。そのあと警視と結婚し、次には息子のわたしでしょ。もう警官にはうんざりしてるんですよ」

「しかし正確には警官のどこが気に入らないのかな？」キャンピオン氏が興味津々で尋ねた。「もちろん、こんなことを訊いてもかまわなければだが」

「かまいませんとも」ルークは白目《ピューター》のジョッキの縁ごしに、堂々たる歯をにっとのぞかせた。「おふくろはね、われわれ警官は愚図で騙されやすい、ニャンコの一匹もつかまえられないとんまばかりだと思ってるんです。じっさい、彼女からすればそうでしょう。あのおふくろがヘルメットをかぶって見張ってりゃ、誰もテールランプをつけずに出かけたりはしないはずだし、彼女は電話でも相手の息の臭いを嗅げるんだから。それでも、いちどはぎゃふんと言わせてやりました。おふくろがチクチク言いはじめたら、すかさずダイヤのネックレスを買ってやると約束するんです。そうすりゃ、あっという間にレンジのまえにもどっていきますよ」

ルークが不機嫌そうに丸めた背中をこちらへ向けると、あきれ返ってしぶしぶ矛《ほこ》をおさめる老女のイメージが伝わってきた。

「これは昇格まえの話ですがね」と、ルークは主席警部への栄達に触れたあと、「この地区に赴任したばかりのわたしは、とにかく地道に周囲に溶け込もうとしていたんです。ご存じのとおり、ここはかならずしもお上品な区域じゃないが、以前は高級住宅地だったから、いわばお上品さの名残《なごり》がちらほら残ってるんですよ」ルークは開いた戸口のほうに手をふった。外の石段の下には薄汚れた化粧漆喰《しっくい》の家々が立ち並ぶ、公園の北側の一角が広がっている。

「それでオフィスを整理整頓し、どの釘に帽子をかけるか決めたあと、〈未解決〉のファイルを読みにかかったとき、最初の課題があらわれた——何と、手袋まではめた品のいい年配の家政婦がおずおず姿をあらわして、失礼ながら、お気の毒なご主人様に会いにきてはいただけまいかと言うんです。どうやらその御仁《ごじん》は誰かに一杯食わされて、警察の〝お偉方〟と話したがっているらしい。そこでこちらは、お気の毒なご主人様のほうが卑《いや》しい署付警部に会いにきてはどうかとほのめかしてみたが、効果はありませんでした。お気の毒なご主人様はたいそうお年を召して、ご病弱で、おつむが混乱し、動転しきっていらっしゃるとかで。要は、今にもぶっ倒れそうな感じだったので、わたしは帽子を釘からはずし、彼女と一緒にその惨状を調べに出かけたんです……」ルークはしばし言葉を切り、菱形の目に回顧の色を浮かべた。「てっきり、小ぎれいな程度の家に案内されるのかと思ったんですがね。いやはや！すごいの何のって！ 絢爛豪華《けんらんごうか》なガラクタが詰まった馬鹿でかい部屋ばかり！」

彼が話しているあいだは決して静止しない細長い両手が、いくつかの驚くほど鮮明な形を宙に描いた。おびただしいバロック様式の家具、小像、絵画、優雅に垂れさがる布……。一連のすばやい動作の最後に、ルークは親指と人差し指でつまんだ想像上の布地をこすってみせた。「ビロードだ。絨毯も。まさに足首まで贅沢にひたってる気分でしたよ！　で、例のご老体に会ったときには、よくある傲岸不遜《ごうがんふそん》なタイプかと思ったんです。

彼は暖炉のそばの、高い背もたれがついた椅子に腰かけていた――ここ百年の歳月なぞ自分にはろくに無意味だったと言わんばかりの姿でね。ところが話してみると、すごい好人物なんですよ。えらく魅力的なうえに、それなりの〝懐《ふところ》の深さ〟があって。すっかり気に入りました。聞いてみれば何の変哲もない、昔ながらの、よくある話なんですよ。ただ、その話し方がすばらしくてね。すごく節度があるんです、妙な表現だけど。自分があんなにころりと参っちまうとは思いませんでしたよ。ともあれ、ご老体には自分を笑い飛ばすだけの雅量もあった。まあ要するに、こちらがガキのころからさんざん聞かされてきたような話でしてね。

ある日、運転手つきの車で外出したご老体は、しのつく雨に打たれる公園を横切った。すると何と、つましい服装のごく上品な若い娘が、路上で立ち往生しているのに出くわした。どうやら排水渠《はいすいきょ》の格子蓋にハイヒールの踵《かかと》を引っかけちまったらしい。ご老体は運転手に車をとめて、彼女に手を貸すように指示した。そしてその後――靴の踵がもげてしまっていたので――家まで送ってやることにした。彼らは娘に告げられた近くの卑しからぬ住所まで車を走らせたものの、彼女が家の中に入るのまでは見届けずに立ち去った」

そこでルークはため息をつき、わたしたちは娘のうさん臭さにかぶりをふった。

「むろん、その間《かん》に」ルークは続けた。「ご老体は車中で〝身の上話〟を聞かされました。それがまた、泣かせる話でね。娘はうら若い演劇学校の生徒で、未亡人の母親と暮らしており、何としてでも一人前の役者になるつもりだというんです。ご老体は彼女に翌週のいつか屋敷へお茶を飲みに来るように言い、例の高齢の家政婦は、ご主人様の楽しげな様子を見るのが嬉しいばかりに特別なケーキを焼いた。そんなことが季節いっぱい続けられ、ついにご老体はこの可愛子ちゃんに惚れ込んじまったわけですな。こちらが耳にしたかぎりでは、ケーキ以外のものをやったことはなく、型どおりのお茶会に招くだけだったそうですが。そういうたぐいの老人なんですよ。しかし当然ながら、彼女が仕事にかかるときがやってきた――この業界じゃ、〝打席に立つ〟と言ってますがね」ルークは帽子を頭のうしろへ押しやり、無邪気に両目をぱちくりさせてわたしたちを見た。

「まったく恐れ入りますよ」彼は続けた。「あんな話が通用するとはね。誰もがいちどは聞いたはずだし、女たちが生来、そうした手管《てくだ》を心得てるのは周知の事実だってのに、百発百中なんだから。本当のことを――たとえば持ち金を数えてみたら、思ったほどなかったとか――言ったところで、誰も信じちゃくれません。ところが昔ながらのシンデレラ物語には、みんないちころ！　それだけで大満足した聴衆は財布を取り出すんです。例の娘は舞踏会の話をしたそうですよ。じっさい〝舞踏会〟と呼んだんでしょうがね、その会場で〝大物監督〟に紹介される予定だというんです。それで、ドレスだけはあるものの――いや～ん！　宝石がないんですう」ルークはわたしたちにおぞましい狡猾《こうかつ》そうな流し目をくれ、まつ毛をパチパチさせながらにっと笑みを浮かべた。

「ご老体はすっかり同情し――」と彼は続けた。「ただちに行動に移ったが、ひとつだけ予想とはちがった。呼び鈴を鳴らして運転手に車を用意させ、彼女を〈カルティエ〉へ連れ出して適当なものを買ってやったりはしなかったんですよ。まったくね。かわりに書斎へ走って隠し金庫の錠を開け、あるものを手にもどってきた。彼女は腰を抜かしたにちがいありません。ダイヤが一列にずらりと並ぶネックレスだったんですよ――先祖伝来の、途方もなく貴重な。わたしは個々の石の重さにいたるまで、詳細な説明を聞きましたがね。それをあっさり娘に貸してやったんです。

ご老体が静かにその顚末《てんまつ》を語ってみせたところを見ると、すべて自《みずか》ら招いたことだとわかっていたんでしょうな。彼女はたいそう若くて無邪気だったし、しじゅう屋敷に来ていたので――そこが彼女の狡猾なところなんですがね――つい信用してしまったそうですよ」

ルークはあきらめきったように細長い鼻にしわを寄せ、「その後は例によって例のごとく」と、骨ばった手で詳細をはじき飛ばすまねをした。「娘はあらわれず、お茶会は流れ、翌日もまた娘はあらわれない。家政婦が相談に乗り、協議の結果、運転手が最初に娘を送っていった家へ遣わされる。すると彼女はそこにはいないことが判明し……つまりは、いつものどたばた騒ぎです。そうして哀れなご老体はダイヤとささやかな楽しみを失い、いっぽう娘はほかのどこかで、ろくでもないクリスマスツリーみたいにギンギンに飾りたてているはず――というところで、わたしの出番とあいなったわけです」ルークはかぶりをふった。「おふくろとちがって、一般大衆はわれわれ警官を信じきってるんですよ。考えてもみてください！　何て無茶な任務だ！」

「じゃあ、そのネックレスは取り返せなかったんだな？」誰かが言った。

ルークは片手をあげ、

「そうせっつくな」と抗議した。「少しは楽しませてくれ。そりゃあ、取り返そうとはしたさ。みんなで何か月もせっせと調査して。だが彼ら三人――家政婦と運転手とご老体――の話を精査して、どうにか割り出した娘の年恰好は、〈背丈が五フィート一インチか二インチか三インチ〉、〈〝花のように〟愛らしい無邪気な顔をして、目と髪は〝ブルーと茶色〟か〝ハシバミ色と黒〟か〝茶色と暗褐色〟〉ってことだけだ。ダイヤのほうがましだったとはいえ、たいしたことはわからなかった。まあ、豪華な一連のネックレスってことしかね。価値は石の品質によるということだった。ほかの誰より役立ったのは宝石商たちだよ。彼らは口をそろえてこう言った――そんなネックレスを国内でさばけば業界でちょっとした噂になるし、そうかといってバラせば価値が激減してしまう。ゆえに相手はどうにかそのまま大陸へ持ち出そうとするはずだとね。そこでこちらは税関に警告し、見込みのありそうな故買屋に片っ端から揺さぶりをかけてみた。そのあと、この件はうちの若手で腕っこきのグーリー部長刑事に任せ、こちらはほかの仕事を進めることにしたのさ」

ルークはしばし言葉を切り、キャンピオン氏がすすめた煙草を受け取った。それから、「あれは八月のある日曜の午後だった……」と先を続けた。「暑い日かって？　ぶっ倒れるかと思ったほどですよ！　それでおふくろんちの裏庭にすわって新聞を読みながら、小路の草むしりをしてるような音だけたててると、グーリーが電話をよこしましてね。あわてふためいた様子で言うんです。例の女をつかまえた、というか、彼女の居場所がつかめたようだって。

グーリーがよこした最後の報告書には、〈ニュー・ナポリタン座〉のコーラスガールの一人が持ってるダイヤのネックレスについて、少々噂を耳にしたとありました。グーリーは賢明にもその線を追い続けたが、ショーが閉幕したあとは追跡がむずかしくなっていた。それが今回、またもや風の便りに噂を聞きつけ、じきにオランダへ旅立とうとしている十七人の踊り子の一団に目をつけたんですがね。彼女たちは何と、今しもリバプール・ストリート駅で、港へ向かう列車の到着を待っていたんです。さいわい少々列車が遅れたために、グーリーはプラットフォームから電話をよこしたんですよ。彼女たちはみな駅のティールームに入り、いかにも何かたくらんでるように、ペチャクチャやりながら笑いさざめいてるってことでした」ルークはにやりと思い出し笑いをした。

「気の毒なグーリー。彼女たちはこぞって全身ダイヤで飾りたてていたんです！　あんなまばゆい光景は見たこともない、西ロンドンじゅうの安物宝飾品店の棚が空っぽになってるはずだとか言ってましたよ。その中のどこかに例のネックレスがあるのは間違いないが、それがどれなのか、彼には見当もつかんそうでね。娘たちを全員しょっぴいてもいいか尋ねてきたんです」

主席警部は両手を広げた。「こちらも今ほど権限があったわけじゃない。それで答えるまえに、座元の名前を訊いてみたんです。答えを聞いて、二の足を踏んじまいましたよ。税関を頼るのもむずかしそうでした。むろん、彼らは協力してくれるはずだが、列車が遅れて連絡船を待たせたあげくにすべてが無駄骨に終われば、あまりいい顔はされないだろう。グーリー自身も決して確信があるわけじゃなかったし、一人で十七人の娘を同時に見張れるはずはない。『ホシを特定するしかなさそうですね』と彼は言い出しました。『誰か専門家を連れてきてもらえませんか？　専門家なら娘たちのネックレスをざっと見ただけで、すぐさま本物を選び出せるはずですから』と」ルークは片手で額をこすり、わたしたちにその日の猛暑を思い出させた。「専門家だと！」と、苦々しげに言い、「専門家になるだけの脳ミソのあるやつは、みんなその午後はロンドンから逃げ出してましたよ。しかも、こちらには半時間の猶予しかない。ご老体と彼の使用人たちはスコットランドに行っている。というわけで、ここはあきらめてグーリーを見棄てるしかなさそうでした。今すぐ誰かを見つけるなんて、無理な話です。だがそのとき、はたと名案が浮かんでね。『待ってろよ』と彼に言ったんです。『これからおれが、たいていのことは知ってる人間を連れてくからな』と」ルークはわたしたちに晴れやかな笑みを向け、「おふくろを連れてったんですよ」

そして続けた――

「どうにか間に合うようにするのは一苦労だったが、それでもとうとう、おふくろが駅に着きました――小さな黒い帽子を目深《まぶか》にかぶり、一張羅《いっちょうら》のコートのボタンを首までとめて普段着を隠し、二番目にいい傘を護身用にたずさえて。グーリーは打ち合わせどおり、新聞売場のわきで待っていた。暑さと不安で汗だくになった彼は、わたしの連れてきた相手を見て口をあんぐり開きましたよ。『あの、そちらは……?』と言い出したので、すかさず『この世で最高の専門家さ』と答えてやりました。『連中はどこだ?』と尋ねると、彼は二階のティールームを指さして、『そろそろ動く準備をしています。十分後には列車が着くはずなので』と言うんです」

ルークはそのときの興奮を思い出し、両手をこすり合わせた。

「さっそく、おふくろを送り込んでやりました。フェレットをウサギの巣穴にもぐり込ませるみたいにね。彼女が両開きのガラスのドアの向こうに入ってゆくと、こちらは戸口の左右に待機した。彼女がざっと目を走らせて本物のダイヤを見つけたら、急いで出てきてわたしたちに知らせるって寸法です。ところが、少しもそんなふうにはいかず、ものの数分で中はどえらい騒ぎになりました。こっちが乗り込む暇もなく。あわてて動きかけたとき、一人の娘がだっと店から走り出てこちらの腕に飛び込んできたんです。そのあとすぐにおふくろが威厳たっぷりに出てきたが、全身ずぶ濡れでした。その娘にネックレスをはずすように言ったとたんに、カップのお茶をぶちまけられたとかで」

ルークはかぶりをふった。「気の毒に！　おふくろが鼻高々だったのは、四人そろって署にもどるまでのことでした。どうにかクラム街の宝石商を呼び出し、専用の虫めがねで娘のネックレスを調べさせると……評価額はたったの五ギニー。そのためにどうしてこんな面倒な細工をしたのやら、と言うんです。『元気を出せよ、おふくろ』わたしは言ってやりました。『そりゃあ、ダイヤの見分けなんてつきっこないよな？　おふくろは〝あたしの両目〟だとかいう、そのふたつの小さな黒い石しか持ったことがないんだからさ』と。どのみち、そんなことはかまわなかったんです。娘はとうに抵抗をやめ、一部始終を吐いてましたから。それでこちらはハリッジ（英国南東部、エセックス州の港町）に連絡し、あっちの連中に本物のネックレスを回収させてたんですよ」

ルークが話し終えると、キャンピオン氏はやおら角縁《つのぶち》眼鏡をはずした。「ああ、なるほど。お母さんは当の娘を選び出したんだな？」

主席警部はうなずいた。「十七人の可愛い踊り子と、一座のスタッフの五人の娘たち、それにこの件とは無関係の四人の若い女教師……」と数えあげ、「おふくろはざっと一瞥《いちべつ》しただけで、その中から唯一の悪党を見つけたんです。毎週日曜に買ってるゴシップ紙で写真を目にしてたんですよ。記事の内容は思い出せなかったが、警察がらみの話だったことはわかってた。なにせ、警察がらみのニュースしか読まん人ですからね。それが載ったのは一年半もまえのことだが――おふくろは憶えてたんですよ!」ルークはくすくす笑った。「ほかの娘たちはみんな、仲間の一人が〝税関に一杯食わせる〟のを助けようと偽のダイヤで飾りたててたんです。かたや例のコソ泥嬢は、本物のネックレスを一座の最年少の――たったの十七歳の――踊り子に貸し、いざとなったら彼女に罪をなすりつけられるようにしていた。というか、そのつもりだったわけです。ところが、不意にあらわれたおふくろに正体を暴かれたもんだから、さすがにびびっちまったんですな」

ルークはちらりと腕時計に目をやり、急いでビールを飲みほした。「そんな彼女を誰が臆病者と責めようか?」と芝居がかった口調で言い、「このチャールズにはよくわかるぞ! なにせ、今夜じゅうにキッチンのタイルを貼りかえんことには……」彼はあっさり、「では失礼」と言い添えた。

ある朝、絞首台に

One Morning They'll Hang Him

それはいかにも、ケニー警部らしい態度だった。当時はロンドンのL地区に配属されていたこの刑事は、他人の好意にすがらざるを得ないときにかぎって、恐ろしくぶっきらぼうになってしまうのだ。ようやく話を切り出す肚《はら》を決めると、彼はアルバート・キャンピオン氏のフラットの炉辺のカウチから十四ストーン（約九十キロ）の巨体をあげ、空《から》になったグラスをバンと音をたてて置いた。

「午後の三時に酒なぞやるのはどうかと思いますがね」と、感謝のそぶりも見せずに小さな両目を怒《いか》らせ、「なんせ今日は朝っぱらの二時から、女どもの涙やら、馬鹿げた話やらに付き合わされてきたんです。おまけに、このべらぼうな雨ときた」ケニーは大きな平たい顔をこすり、真っ赤になった顔で苛立《いらだ》たしげに相手の背中を見つめた。

「何より頭にくるのは、すべてが徒労に思えることですよ！」

窓の外の家並みに降りそそぐ雨をぼんやり眺めていたキャンピオン氏は、ふり向こうともしなかった。彼はいまだに細身で、かれこれ二十年にわたってあまたの狡猾《こうかつ》な犯罪者たちの目を欺《あざむ》いてきた、どこか頼りなげな風貌をしていた。金色の髪は白っぽく色褪《いろあ》せ、大きな角縁《つのぶち》眼鏡の奥の薄青い目の周囲には少々しわが目立ちはじめているものの、その他の点ではケニーの最初の記憶とほとんど変わらない。〈愛想のいい、少々お人よしな男だが――油断は禁物！〉といったところだ。

「じゃあバラクラフ街の件も徒労に終わりそうなのかい？」キャンピオンは興味津々というよりは、礼儀正しい、軽やかな口調で言った。

ケニーは苛立たしげに、鋭く息を吸い込んだ。

「警視総監から電話があったんですか？　あの人が、あなたに相談してみろと言い出したんですよ。たいしたことじゃないんですがね――例によって、何かあっさり説明がつくはずの馬鹿げたことでつまずいてるんです。それさえ片づけば、楽勝の事件なんですよ。とはいえ、容疑者をいつまでも署に留め置くわけにもいかんし」

キャンピオンはデスクから早版の夕刊を取りあげた。

「こちらはここに書いてあることしか知らないんだよ」と、新聞をさし出し、「オーツ総監から電話はもらっていない。ほら、読んでみたまえ。新聞の最新情報によれば、〈被害者はバラクラフ街西部の裕福な未亡人〉〈甥が警察署にて捜査に協力中〉。いったい何が問題なんだ？　甥の協力ぶりが誠意に欠けるとか？」

「まったく馬鹿な若造です」ケニーはどさりと腰をおろした。「ほんとに、キャンピオンさん、真相は見え見えなんですよ。殺人事件なんておおかたそうだが、どこにでもある、気の滅入るつまらん話でね。調査すべき謎なぞろくにない、ただのみじめったらしい悲劇です。あなたが何かこちらの見落とした点に気づいてくれれば、この男はすぐにも訴追され、予備審問を経て公判に付されるはずだ。弁護士は心神喪失を主張するだろうが、まず陪審には受け入れられんでしょうな。あとは裁判官が有罪を宣告し、被告側が上訴して、それが上級審で却下される。内務大臣が令状に署名して、ある朝、彼は刑場に引き出されて吊るされるってわけです」ケニーはため息をつき、「むなしい話じゃないですか。誰のためにもなりゃしない。その日もどうせ、こんな雨降りなんでしょうがね」と、支離滅裂に言い添えた。

キャンピオンの両目に戸惑いの色が浮かんだ。ケニーは生真面目な警官で、ときには鬼刑事とも評される男だ。こんな冷めたせりふは彼らしくない。

「その容疑者に好意でも感じているのかな？」キャンピオンは尋ねてみた。

「誰が？　あたしは感じちゃいませんぜ」ケニーは冷ややかに言った。「たとえ相手がどんなごうつく婆でも、自分の身内を撃ち殺すような若造どもに同情は無用です。

そりゃあ、伯母を殺したあいつは相応の報いを受けるべきでしょう。けどね、それが……何ていうか、こたえちまう人間もいるんです。あたしみたいに」ケニーは大きな古めかしいノートを取り出し、注意深くふたつに折り畳んだ。「これしか使わんことにしてるんですよ」と、さも実直そうに言う。「あなたがたみたいに、封筒の裏にメモしたりはしません。担当事件の記録は、初めて巡回任務に就いたころと変わらずきちんと整理して、法廷で物知り顔の弁護士に求められたら、いつでも見せられるようにしとくんです」そこではたと言葉を切り、「まるで警官のコマーシャルみたいな言い草ですな。ともあれ、キャンピオンさん、せっかくこちらがここまで足を運んできたんです、ちょっとお知恵を拝借できませんかね。あなたにとっては、苦もないことでしょう」

「どうかな」キャンピオンは間の抜けた声で言い、「それじゃまず、被害者について聞かせてくれ」

ケニーはノートに目をもどした。

「ミセス・メアリ・アリス・シバー、年齢は七十歳かそれより少し下。心臓の持病があり、いかにもか弱げ——といってもむろん、こちらが見たのは死後の姿だけですが。彼女はバラクラフ街にけっこうな家を持っていました。老女の住まいにはどう見ても大きすぎるが、十年まえに死んだ夫に遺《のこ》されたんです。以来、彼女はずっと独り身で、同居人は付添い人《コンパニオン》と称するもう一人の老女だけ。そちらはさらに高齢みたいだが、哀れにも、これまですっかり抑え込まれてたのが一目でわかります――」ケニーは思わせぶりに親指を下に向け、「被害者のミセス・Cは少々偏屈だったようでね。二脚の椅子とサラダボウルのために生きてるような女だったんですよ」

「何だって？」

「アンティークです」ケニーはちょっぴり見下すような口調になった。「家じゅうがその手のものでいっぱいで、三階分のフロアと屋根裏部屋に置かれた何もかもが、新品みたいにピカピカに保たれてます。例の高齢のコンパニオンによれば、ミセス・Cはそうしたものをこの世の何より愛していたらしくてね。もちろん、ほかにはろくに愛するものがなかったわけで、親族といえば例の甥っ子だけだし――」

「その将来は目に見えてるってわけだな？」

「そう、彼女を撃ったあの男です。彼は大きな興奮しやすい若者で、名前はウッドラフ。従軍中は目ざましい功績をあげてます。軍務に就いていたのは短期間だが、キプロスで多くの戦闘を経験し、いっぱしのヒーローだったようですな。ところが、通過中の橋が爆破され――まあ情報提供者も正確には知らんのですが、何かそんな事情で

――重傷を負い、軍隊では〈爆弾恐怖症《ボムハッピー》〉と呼ばれる状態になったとか。あたしらの時代には〈戦争神経症《シェルショック》〉と呼んでたやつでしょう。とにかく話に聞くかぎり、もともと短気だったウッドラフはそれから少々おかしくなってしまったらしくてね。本人の口ぶりからしても、しばらく正気じゃなかったようですよ。むろん、その点は弁護の役に立つかもしれませんね」

「まあね」キャンピオンは沈んだ声で言い、「で、彼はその後はどこで暮らしてたんだ？」

「だいたいのところは農場です。学生時代は建築家を目指してたんですが、慈悲深い軍の賢明なるご配慮で、退院するなりドーセットの片田舎へ放り出されたんですよ。今はようやくそこから逃げ出したところです。同郷の仲間が旧知のよしみで建築事務所に仕事を見つけてくれて、本人もすっかりその気になったらしくてね」ケニーはあながち繊細に見えなくもない、薄い唇を苦々しげにゆがめた。「月曜から働きはじめるはずでした」

「おやおや」キャンピオンは力なくつぶやいた。「だったらなぜ伯母を撃ったりしたんだ？　たんにカッとなったのかい？」

ケニーはかぶりをふった。

「彼なりの理由はあったんですよ。頭にきたのも無理はないんです。そもそも、ウッドラフは手ごろな住まいを見つけられずにいた。ご承知のとおりロンドンは過密状態で、ものすごい家賃ですからね。彼と彼の細君は、エッジウェア街のはずれの一間《ひとま》きりのアパートに法外な金を支払わされてるんです」

「細君？」角縁眼鏡をかけた細身の男はがぜん興味を示した。「彼女はどこから飛び出してきたんだ？　ウッドラフが結婚しているなんて、きみはこれまでおくびにも出さなかったぞ」

意外にも、ケニーはすぐには答えなかった。かわりにうなり声をあげ、自分でも驚いたように、ちらりと恨めしげな笑みを浮かべた。「できれば今後も話さなかったでしょうな」と真っ正直に言い、「二人は農場で出会ったんですよ。結婚して六週間になります。愛ってやつを見たことがありますか、キャンピオンさん。めったにお目にかかれるものじゃありません――あんな愛には」そこで言い訳がましく両手を広げ、「しかもその手の愛は、思いもよらぬ連中のあいだにひょっこり芽生えるようで、それを見せられると何かこう、じーんときちまうんですよ」警部はもののみごとに恥じ入った顔をした。「あたしは感傷的な男じゃないつもりなんですがね」

「そのとおりだよ」キャンピオンは励ますように言い、「じゃあ、ウッドラフの軍隊時代の話は彼女から聞いたんだろうな?」

「そうするしかなかったんですよ。今は裏を取ってるところです。本人はやたらと口が堅くてね——懐中時計か手りゅう弾みたいに。〝はい〟〝いいえ〟〝自分は撃っていません〟。手だれの刑事が数時間がかりで、ほとんどそれしか聞き出せないありさまだ。細君のほうは大ちがいです。彼女も署までついてきましてね。どうしても帰ろうとしないので、とうとう待合室に入れたんです。扱いにくいわけじゃありません——ただじっとすわっているだけで」

「彼女は事件について何か知っているのかな?」

「いや」ケニーはきっぱりと言った。「疑わしい点はありません」ややあって、根拠を述べるべきだと思ったのか、「彼女はごく普通の、感じのいい田舎娘です。少しばかり痩せすぎで、色の濃すぎる自然な茶色い髪と下手な化粧をしているが、それでも例の——揺るがぬ思いでキラキラ光り輝いている!」ケニーはぐっと自分を抑え、「要は、彼にべた惚れなんですな」と言いなおした。

「夫を神と崇《あが》めているわけか」とキャンピオン。

ケニーはかぶりをふり、「彼女は夫が神様なんかじゃなくてもいいんです」と悲しげに言った。「いえね、キャンピオンさん、二人は数週間まえにミセス・シバーに、彼女の家の最上階の部屋をいくつか使わせてもらえないかと打診してるんですよ。細君の思いつきだったにちがいありません。いかにも〝血は水よりも濃し〟といった古風な考えを持っていそうなタイプですから。それで亭主に手紙を書かせたんです。伯母はその質問を無視し、二人を昨夜の夕食に招いた。招待状が送られたのは二週間もまえで、そこからもわかるとおり、いさんで二人の前途を祝福する感じじゃなかったんです」

「そんなに手間どったのには何か理由があったのかい？」

「たんに客を呼ぶなら、たっぷり猶予が必要だってだけですよ。例の高齢のコンパニオンが説明してくれましたがね。銀器を取り出して磨くやら、秘蔵の磁器を洗うやらの大騒ぎだったそうで。いやはや、素朴な情愛とは無縁の家だったんでしょうな！」個人的な憤《いきどお》りでも感じているかのような口ぶりだった。「そうして若い二人がやってくると、あんのじょう、派手な騒ぎが起きました」

「猛然たる非難の応酬か、それとも皿の投げ合いかい？」

ケニーは口ごもり、ゆっくりと答えた。「まあ、その両方ってとこでしょう。どうやらいっぷう変わった騒動だったようで、こちらが聞いたのはふたつの説明――ひとつは細君、もうひとつはコンパニオンからのものです。二人とも正直に話そうとはしてるようだが、その顚末《てんまつ》にすっかり戸惑っちまったらしくてね。ただし、口火を切ったのは伯母のほうだって点は一致しています。彼女は三つのオレンジと、死ぬほど重たい貴重な初期ウースター窯のデザートセットが食卓に運ばれるのを待って、やおら胸の内をぶちまけたんですよ。どうやら主題は〈若者たちの厚かましさ〉で、年寄りが墓に入りもしないうちから遺産に目をつけるとはどうのこうのと、嫌みを並べたみたいです。そしてそのあと、あんたがた二人が目当てのものを手にする望みは万にひとつもない、わたしの大事な家具が無事に家の中にあるかぎり、そちらが路上で寝ようと知ったことではないと宣言したらしくてね。とにかく彼女が心ない、不当な態度をとったことは間違いありません」

「不当な？」

「偏狭な態度ですよ。結局のところ、彼女はウッドラフとはごく親しかったんですから。彼は小さいころによく、一人で彼女の家へ泊まりにきていたんです」ケニーはふたたび、ノートに目をやった。「ウッドラフはそこでブチ切れた――仮に今朝のあれが彼の典型的な切れ方だとすれば、ただならぬ迫力ですよ。顔が赤らむかわりに蒼白になり、ほとんど何も口にせず、今にも〝白熱〟しそうに見える――どんな感じかわかりますかね」

「わかるとも」キャンピオンは心《しん》から興味をそそられていた。この新たな人間臭いケニーは一見の価値がある。「そこで彼は銃を取り出して伯母を撃ったのかい？」

「いやいや！　それなら、少なくともブロードムア精神病院に送られる望みはあったんでしょうがね。いや、ウッドラフは静かに立ちあがり、ここに何か自分のものが置かれているかと伯母に尋ねたんですよ。もしもあれば今すぐ持ち帰り、これ以上迷惑はかけないつもりだと。どうやら彼の入院中に、所持品の一部が最近親者である伯母に送られていたらしくてね。彼女は『ええ、ありますよ、長靴用の戸棚に入っています』と答えた。そこでコンパニオンのミス・スミスが取りに走らされ、両脇が裂けた、小汚い将校用の大鞄を抱えてよろよろもどってきたそうです。ミセス・シバーは甥に鞄を開けて中身を検《あらた》めるように言い、彼はその指示に従った。するとご想像どおり、シャツや古い写真と一緒に真っ先に彼の目にふれたのは、自動拳銃《オートマチック》と弾倉《マガジン》だったというわけです」ケニーはかぶりをふった。「どうしてそんなものが入っていたのかは聞かんでください。軍の病院がどんなふうかはご存じでしょう。ともかく、ミセス・シバーはその後も一種独特のやり方で甥をいたぶり、彼のほうはその場に突っ立って銃を調べたあと、ほとんど上の空でマガジンをグリップに嵌《は》め込んだ。そんな場面が想像できますか？」

キャンピオンには想像できた。いくらか手狭だが、居心地のよさそうな部屋があざやかに脳裏に浮かび、高価な磁器を照らす穏やかな光や、誇り高い老女の苦りきった表情までもが目に見えるようだった。

「そのあと」ケニーが続けた。「話はさらに奇妙になるんです。その点は、二人の説明が一致しているんですがね。まずはミセス・Cが笑い声をあげ、『あたしを撃ってやろうと考えてるんだろ？』と言う。ウッドラフは何も答えず、上着の脇ポケットに銃をすべり込ませると、鞄を取りあげて『さようなら』と言う」ケニーはしばし間《ま》を置き、「どちらの証言者も彼はそのあと、『陽は沈んだ』とかいうようなことを口にしたと述べてます。それが何を意味するのか、あるいは二人が彼の言葉を聞き違えたのかは不明です。どのみち、たいした問題じゃありませんしね。当のウッドラフも説明できませんでした。そんなことを言った憶えはないとかで。けれどそのあと、彼はとつぜん、伯母の大事なフルーツ皿のひとつを取りあげて床に落としたんです。たまたま敷物の上に落ちたので割れはしなかったものの、ミセス・シバーは卒倒しかけるわ、コンパニオンは悲鳴をあげるわで、細君は大あわてで彼を家へ連れ帰ったそうですよ」

「例の銃と一緒に？」

「例の銃と一緒に」ケニーはずんぐりした肩をすくめた。「だが細君はミセス・シバーが撃たれたことを知らされるや、夫は拳銃を持ち帰っていないと言い出した。自分がこっそりポケットから抜き取り、窓敷居の上に置いてきたのだと。聞いたこともないほど下手くそな作り話です！　彼女は闘志満々で、何でも言うつもりなんでしょうがね、彼を救う役には立ちません、気の毒に。ウッドラフは深夜に現場の近くで姿を見られてるんですよ」

キャンピオンは片手でなめらかな髪をかきあげた。「ああ。それはちょっとまずいな」

「そりゃあ、決定的ですよ。彼の犯行なのは間違いないんです。まず疑問の余地はありません。おおかた、こんなところだったんでしょう――若い二人は九時十分まえごろに一間きりのアパートに帰り着く。どちらも認めはしないはずだが、ウッドラフが社会生活には不向きな、例の陰気な怒りをたぎらせていたことはあきらかです。細君は彼を一人にしておいた――まあ、夫の扱い方を心得てるってことでしょう。何やら手紙を書きはじめた彼を残して、寝床へ引きとったそうです。その後かなり遅くに――正確な時刻はわからないのか、彼女は言おうとしないんですが――ウッドラフは手紙を投函しに出ていった。それについても本人は何も言おうとしません。いずれは落とせるかもしれないし、だめかもしれませんがね。いっぷう変わったやつなんですよ。

ともあれ、こちらには一人の目撃証人がいて、深夜の十二時ごろに、バラクラフ街のキルバーン側の端でウッドラフと出会っているんです。彼に呼びとめられて、東行きの最終バスはもう行ってしまったか尋ねられたとかで。どちらの男も時計は持ってなかったが、その目撃者は十二時ちょっとすぎだと断言できるそうです。その点が肝心なのは、被害者が撃たれたのは十二時二分まえだったからなんですが。その時刻は特定されてます」

しきりにメモを取っていたキャンピオンが、いささか驚いたように目をあげた。

「ずいぶんすぐに証人があらわれたものだな。彼はどうして名乗りをあげたんだ？」

「非番の刑事だったんですよ」ケニーは落ち着きはらって答えた。「あの地区の住人で、昨夜は同窓会のパーティに出かけていたんです。それほど酔っ払ってたわけじゃないけど、女房に見とがめられないように、歩いて帰ることにしたとか言ってます。どうして時計を持ってなかったのやら」ケニーはその失態に顔をしかめ、「ともかく時計はなかったか、まともに動いてなかったんでしょう。それでも彼はしっかりウッドラフに目をつけた。まあ、もともと目立つ男ですしね。見あげるばかりの長身、浅黒い肌。おまけに挙動がやけにそわついていたから、刑事は報告する価値があると考えたんですよ」

キャンピオンはにやりと笑みを浮かべた。

「じつは相手を一目見るなり、人を殺したばかりの男のようだと気づいたんじゃないのかい？」

「いや」ケニーは動じなかった。「今しがた何かの懸念を晴らし、意気揚々としている男のように見えたそうです」

「なるほど。いっぽう凶弾は十二時二分まえに放たれたんだな？」

「それは間違いありません」ケニーはにわかに元気づき、てきぱきとした口調になった。「隣家の男性が銃声を耳にして時計を見たので。その人物とコンパニオンの供述を取ってあります。通りのほかの住人たちにも、片っ端から話を聞いてるところです。まだ成果はありませんがね。なにせ寒い雨の夜で、ほとんどの者が窓を閉めきってましたから。おまけに、殺人が起きた部屋には分厚いカーテンが引かれていたとかで、今のところ、何か耳にしたのはその二人だけのようです。隣家の男は、はっと目覚めて妻をつついたが、妻はずっと眠りこけていた。そのあと彼もふたたびまどろみかけたのか、次に憶えているのは、助けを求める悲鳴が聞こえたことだそうです。あわてて窓に駆け寄ると、例のコンパニオンが部屋着姿で路上に飛び出し、街灯柱と郵便ポストのあいだに身を押し込めて、小さな白髪頭をふりちぎらんばかりに絶叫してたそうですよ。雨がザーザー降りしきる中で」

「それは正確にはいつのことだ?」

「銃声がしたあと間もなくです、当のコンパニオンによれば。彼女は数時間まえに寝床に入って眠り込んでいました。彼女の部屋は二階の裏側にあるんです。ミセス・シバーは彼女と一緒には寝室にあがらず、夜にはしばしばそうするように、客間の書き物机《ビューロー》のまえに腰をおろしていたそうです。夕食時の騒ぎでまだ動揺しきっていて、何も話したがらなかったとか。で、コンパニオンのミス・スミスは夜中にふと目をさまし、玄関のドアが開く音を聞いたような気がしたと言ってます。たしかに聞いたと断言はできないし、どのみち、あまり気にはしなかった――ミセス・シバーはちょくちょく寝床に引きとるまえに、外のポストへ手紙を投函しにいっていたからと。

コンパニオンはその後――きっかり何分後かは不明だが――銃声を耳にして、泡を食ってベッドから這《は》いずり出しました。スリッパと部屋着を見つけるのに少々手間取ったものの、すぐに階下におりたのはたしかだそうですよ。すると通りに面したドアが開いて雨が吹き込んでおり、そのすぐ横の客間のドアも大きく開け放たれて、室内には明かりが煌々《こうこう》とともされていた」ケニーはノートに目をこらし、大声で読みあげた。「『焦げくさい臭いがしていて』――無煙火薬《コルダイト》の臭いでしょうな――『部屋の奥に目をやると、お気の毒なミセス・シバーが床に倒れてらしたんです。額に見るも恐ろしい穴が開いていたので、とても近寄る気になれず、夢中で〝人殺し！　泥棒！〟と叫びながら家の外へ飛び出しました』」

「何とも時代がかった反応だ。そのとき、彼女は誰かを見たのかな？」

「誰も見てないそうですが、たぶん本当なんでしょう。彼女は現場から五十ヤード以内にある唯一の街灯の真下にいましたし、たしかにあの夜はひどい土砂降りでしたから」

キャンピオンはいちおう納得したものの、満足してはいないようだった。ややあって、ごくやんわりと切り出した。

「するときみの考えでは、ウッドラフが深夜にもどってきてコツコツ玄関のドアをたたき、伯母に中へ通されたんだな？　そして上階のコンパニオンには聞こえないような小声で話を交わしたあと、伯母を撃って逃げ出した――そこらじゅうのドアを開け放ったままで」

「まあ、おおむねそんなところです。彼は伯母を見るなり撃ち殺したのかもしれませんが」

「それなら遺体はホールで見つかったはずだ」

ケニーは両目をしばたたき、「ああ、そうでしょうな。とはいえ、二人はろくに言葉を交わしていないはずです」

「なぜだ？」

警部は苦々しげなジェスチャーをした。「そこがどうにもやりきれんところでね。二人が長く話したはずはないんです――ミセス・シバーはもう彼を許していたんですから。彼女は昨夜、自分の弁護士に手紙を書いたんですよ。書き終えた手紙はすぐにも投函できるよう、紙挟みの上に乗せられていた。内容は、家の上階を甥の住まいにしてやりたいのだが、ここの借地契約書に、何か支障になりそうな条項があるだろうかというものでした。彼女は確認作業を急いでほしいとも書いてます。新しい姪がとても気に入ったし、いずれは子供ができるかもしれないからと。悲しい話じゃありませんか」ケニーはみじめな目つきになった。「だからむなしいと言ったんです。ねえ、彼女は甥を許してたんですよ？　決して不快な鬼ばばじゃなく、短気なだけだったんだ。さっきも言いましたけど、これは何の謎もない、どこにでもあるケチくさい人生の話なんです」

キャンピオンは目をそらした。

「悲劇だな。たしかに忌まわしい話だ。それで、ぼくにどうしてほしいんだ？」

ケニーはため息をつき、ぼそりと言った。「銃を見つけてください」

細身の男は口笛を吹いた。

「そりゃあ、確実に有罪判決を勝ちとるには凶器が必要だろう。どうして銃が消えてしまったんだ？」

「ウッドラフがどこかに隠したんですよ。バラクラフ街で始末したんじゃありません。あそこの家はみな道路にじかに面しているし、三十分もしないうちにうちの連中が捜索をはじめてましたから。彼は通りの端で最終バスに乗っている――十二時きっかりに着くはずのバスですが、たぶん昨夜は少し遅れたんでしょう。ああした路線バスの運転手たちは公園ぞいの直線道路で遅れを取りもどすんですよ。御身大事《おんみ》で、決して認めようとはしませんがね。それはともかく、バスには銃は残されてなかったし、ウッドラフが住んでるアパートにもありません。バラクラフ街八十一番地の被害者宅にないのもたしかです、あたしがこの手で調べあげましたから」ケニーは期待を込めて長身の男を見つめた。「あなたなら、この街のどこに銃を隠しますかね。夜の夜中に、川からずっと離れた場所にいたら。それほどたやすいことじゃないでしょう？　すぐに目につく場所なら、もう見つかってるはずだし」

「誰かにあずけたのかもしれない」

「ゆすられる危険を冒して？」ケニーは笑った。「ウッドラフはそれほど間抜けじゃありません。あなたにも見せてやりたいですよ。銃なんて持ってなかったと言ってます――それは当然ですけどね。だが彼はどこに置いてきたんでしょう、キャンピオンさん？　ささいなことだが、おっしゃるとおり、どうしても解明すべき問題なんです」

キャンピオンは顔をしかめた。

「どこでもおかしくはないさ、ケニー。そこらじゅうのどこでもね。たとえば排水渠《はいすいきょ》――」

「バラクラフ街の排水渠には細かい格子蓋がついてます」

「ゴミ箱か給水タンク――」

「あの区域にはひとつもありません」

「じゃあ彼が路上に投げ捨てたのを、誰かがこれさいわいと拾いあげたんだ。きみの管轄区域に住んでいるのは良民ばかりとはかぎらんだろう」

ケニーはいくらか真剣になり、「そいつはたしかにありそうだ」と憂鬱《ゆううつ》げに言った。

「ただね、ウッドラフが考えなしに銃を投げ捨てるタイプだとは思えないんですよ。そんなことをするには頭がよすぎるし、えらく用心深いんです。やっぱりどこかに隠したんだ。どこだろう？　オーツ総監は、それがわかるのはあなたぐらいのものだと言ってましたがね」

キャンピオンはその見えすいたお世辞を無視し、長いことぼんやり窓の外を眺めていた。警部が彼をせっつきたい思いに駆られたとき、ようやく返ってきたのは、いささか的外れな質問だった。

「ウッドラフは子供時代には、どれぐらいの頻度で伯母の家に泊まっていたのかな？」

「かなりちょくちょく来てたみたいです。でもあそこには彼しか知らないはずの子供の隠れ場所なんてありませんよ、それを考えてるのなら」ケニーは失望を隠しきれなかった。「その手の家じゃないんです。それに、そんなところに隠してる暇はなかったはずだ。彼は十二時二十分ごろには帰宅してるんですからね。それは同じアパートに住む女性が確認しています、階段の上で姿を見かけたとかで。今朝の四時十五分すぎにこちらが着いたときには、ウッドラフはたしかに熟睡してました。あたしが最初に見たときは、細君ともども、子供みたいに眠りこけてましたよ。彼女が日に焼けた細っこい腕を彼の首にまわして。ウッドラフは目覚めると怒り狂ったが、彼女のほうは怯《おび》えるというより、仰天したみたいだったな。あれはぜったい――」

キャンピオンはとうに耳をかたむけるのをやめていた。

「銃がなければ、きみたちの手にある実質的な証拠は、路上で彼に出会ったという刑事の話だけだ。そしてきみ自身も認めているように、その奇特な刑事はパーティの帰りに酔いざましの散歩をしていた。腕利きの弁護士ならその点をどう突いてくるか、考えてもみたまえ」

「もう考えました」ケニーはそっけなく答えた。「だからここへ来たんです。ぜひとも一緒に銃を見つけてください。レインコートを取ってきましょうか？　それとも」大きな顔にかすかに気取った表情をちらつかせ、「その安楽椅子にでもすわって謎ときをするつもりですか？」

あきれたことに、フラットの優雅な主《あるじ》はそれも悪くないと考えているようだった。

「いや、やはりきみと一緒に行ったほうがよさそうだ」やがてついにそう答え、「よければ、まずはバラクラフ街へ向かうとしよう。それと僭越《せんえつ》ながら、ウッドラフと細君はもう自宅へ帰らせてはどうかな？　もちろん、しかるべき護衛をつけてだが。その若者に口を割る気があるなら、もうとっくに割っているはずだし、問題の銃がどこにあるにせよ、とうてい警察署の中とは思えないからね」

ケニーはしばし考えたあと、「そうすれば彼は油断して銃を取りにいくかもしれませんしね」と、さして熱意も込めずに言った。「電話してみます。そのあと、どこでもご希望の場所にお供しますが、さっきも言ったとおり、バラクラフ街の家はすでにあたしがさんざん調べたんです。もしあそこに何かがあれば、もうこっちは引退の潮時ってとこですな」

キャンピオンのぽかんとした顔を見て警部はため息をつき、相手の好きなようにさせることにした。

署への電話を終えると、ケニーは、ゆがんだ笑みを浮かべてもどってきた。

「話がつきました。ウッドラフは敵の尋問を受けてる勇敢な兵士さながらだそうですよ。馬鹿なやつだ。どのみち、こっちは彼を絞首台に送ろうとしてるだけなのに！　細君のほうは彼に食事をさせるように懇願し、外では記者どもが壁を這いあがってるらしくてね。署の連中も、しばらく彼らを厄介払いできればむしろありがたいとこでしょう。ただし見張りはつけさせます。行方をくらまされたりしないように。それじゃキャンピオンさん、ぜひとも犯罪現場をご覧になりたいのなら、行きましょう」

タクシーの車内で、ケニーはちょっとした思いつきを口にした。

「例のあの、ウッドラフが言ったとかいう言葉について考えてみたんですがね」と遠慮がちに切り出し、「あれは『あなたの陽は沈んだ』だった可能性もあると思いませんか？　それなら、遠まわしの脅迫と解釈できないこともない」

キャンピオンはしかつめらしく彼を見つめた。

「できないことはなかろうが、やめておいたほうがよさそうだ。あれはこの話のいちばん啓発的な部分じゃないのかな？」

ケニー警部が同感だったとしても、そうは口にせず、二人は黙りこくってバラクラフ街の入口まで車を進めた。そこの大通りから折れて最初の建物のまえで、キャンピオンがとつぜん車をとめさせた。商店街に近いという利点を活かし、調剤薬局に改造された建物だ。キャンピオンはケニーをタクシーの中に残したまま、数分ほどその店内に姿を消した。やがてもどると、〝よいひととき〟だったとかいう馬鹿げた説明をしただけで、ふたたび座席に腰を落ち着けて窓の外に目をやった。広々とした街路の左右には、化粧漆喰《しっくい》をほどこされたヴィクトリア時代初期の三階建ての住居が立ち並んでいる。

バラクラフ街八十一番地の家はひときわ目を引いた。戸口に見張り番の警官が立ち、外では一握りの暇人たちが、引きおろされたブラインドをぽかんと見つめていたからだ。ケニーが呼び鈴を鳴らすと、ややあってから、はたきを手にした老女があたふたドアを開いた。

「まあ、あなたでしたの、警部さん」老女はせわしげに言った。「あいにく、すっかり取り散らかっておりましてね。少し片づけようとしてますの。あの方なら、この家を汚れっ放しにしておくのは堪《た》えられなかったでしょうから。なにしろ、さんざん踏み荒らされてしまって……。といっても、おたくのみなさんがあまり慎重でなかったという意味ではありませんのよ」

二人は磨き込まれたマホガニーと銀器がほのかなきらめきを放つ、塵《ちり》ひとつないダイニングルームに通された。午後の淡い光が、老女の赤く腫《は》れあがった両目とすり切れた紺色の部屋着を照らし出している。彼女はいかにも臆病そうだが、ケニーが言っていたほど高齢ではなさそうだった。きちんとととのえられた白髪まじりの髪、化粧っ気のない肌。長年の服従を示す閉ざされた表情からは何の感情も窺えず、ドレスの布地の下には肩甲骨がわずかに突き出している。前夜のショックのせいで、両手をまだかすかに震わせていた。

ケニーがキャンピオンを紹介し、「長くはお邪魔しません、スミスさん」と、快活に言った。「もういちどちょっと家の中を見せてもらうだけです。あちこち引っかきまわしたりはしませんよ」

　キャンピオンも請け合うように笑いかけ、「近ごろは、お手伝いさんを見つけるのも一苦労ですからね」と愛想よく言った。

「ええ、本当に」老女は熱を込めて言った。「それにミセス・シバーは貴重なコレクションを誰にもさわらせたがりませんでした。どれもみごとなもので……」両目に涙があふれ出た。「それは大事にしてらっしゃいましたから」

「そうでしょうとも。あれなんかも、すばらしい逸品だ」キャンピオンはいかにも目利きらしい興味を込めて、優雅なカーブを描くサイドボードに目をやった。補修されていない本物の取っ手と、小物用の戸棚がついている。

「ほんとにすばらしいですわ」ミス・スミスは従順に答えた。「それにほら、そちらの椅子も」

「まったくです」キャンピオンはサクランボ色の革が張られた、トラファルガー型の椅子のセットに目をやった。「ここが例の口論が起きた部屋ですか?」

　老女はうなずき、新たに身を震わせた。「そうです。あのことは……一生、決して忘れないでしょう」

「ミセス・シバーはしじゅう気分を害されるかただったのですか?」とキャンピオン。

相手はためらい、引きしまった小さな口を無言で動かした。

「どうでしょう?」

老女はみじめな目つきでちらりと彼を見た。

「あの方は短気で……たしかに、カッとなりやすかったと申し上げなくてはならないでしょう。では、残りの部屋もご覧になりますか? それとも――」

キャンピオンは自分の時計に目をやり、炉棚の上のトンピオン(英国の時計製作者。一六三九―一七一三)の置時計と見くらべた。

「まだ少し時間があるようだ」と間の抜けた声で言い、「では上階からはじめようか、警部」

その後の三十五分間、ケニー警部はめったにないほどじりじりさせられた。興味深げに息を呑むキャンピオンを五分ほど見守ったあと、彼は徐々に気づきはじめたのだ――この調査の達人とやらは、宝の山を発見した歓喜のあまり、肝心の犯罪のことなど忘れ果ててしまったようだ。初めはいくらか誇らしげだったミス・スミスでさえ、キャンピオンの飽くことを知らぬ興味にうんざりしているようだった。彼女は何度か、そろそろ階下におりてはどうかとほのめかしたが、キャンピオンは聞こうとしなかった。ようやく三階をくまなく調べ終え、屋根裏部屋への階段をのぼりはじめたころには、老女はほとんど断固たる態度になっていた。本当に、この上にはジョージ王朝時代初期のおもちゃがいくつかあるだけですのよ、と彼女は言った。

「いや、そのおもちゃはぜひとも見ておかないと。ぼくはおもちゃには少々うるさいんだよ、ケニー」キャンピオンは嬉々とした口調で言った。「もうしばらく――」

とつぜん、勢いよく玄関のドアをたたく音がして、ただでさえ神経をとがらせていたミス・スミスが小さな悲鳴をあげた。

「まあ、いやだ。誰か来たみたいだわ。失礼して下に行かないと」

「いや、ご心配なく」キャンピオンがいつになく強引にさえぎった。「誰が来たのか、ぼくが見てきましょう。すぐにもどります」

彼が子供じみた熱意で階下へ飛びおりてゆくと、ミス・スミスはすかさずあとを追った。ケニーもついに逃げ出すチャンス到来とばかり、狭い階段をできるだけすばやく駆けおりた。

彼らがホールに着いたときには、キャンピオンはすでにドアを閉めようとしていた。「ただの郵便物でしたよ」と言いながら、ひとつの包みをさし出した。「あなたが注文なさった図書館の本です、スミスさん」

「ああ、そうだわ」老女は片手をのばして進み出た。「そろそろ着くかと思っていましたの」

「そうだと思いましたよ」キャンピオンの声はごく静かだったが、にわかに不穏な響きを帯びていた。彼は片手でボール紙の小箱を高々と頭上に掲げ、もういっぽうの手で垂れ蓋を引き開けた。

ドアの上の明かり取りから射し込む光の中に、ほのかな金属のきらめきが見えたかと思うと、軍用の自動拳銃がドサリと音をたてて寄木細工の床に落ちた。

あたりはしばし沈黙に包まれた。ケニーですら、驚愕のあまり悪態をつくのも忘れていた。

そのあと、彼女が世にもすさまじい金切り声をあげはじめた……。


一時間あまりのちに、ケニー警部がダイニングルームの優美な椅子のひとつに腰をおろしたときも、部屋じゅうがまだ恐るべき音響に震え動いているようだった。彼は青ざめ、疲れきった顔をしていた。シャツはびりびりに破れ、顔には三本の赤みがかった爪痕が走っている。

「いやはや」と、警部は苦しげに息をつき、「まったく、あれには参りましたな」

キャンピオンは、値もつけられないほど貴重なテーブルに尻をついて耳をさすった。

「いささか予想を超えた反応だったよ」彼はぶつぶつ言った。「彼女が狂暴になるとは思わなかったんだ。パトカーの連中も手を焼いてるかもしれないな。申し訳ない、その可能性を考慮すべきだった」

ケニーはうなり声をあげてぼやいた。「あなたはじゅうぶんいろいろ考慮してたみたいですがね。こちらはショックでしたよ。それは正直に認めます、今さら見栄を張っても無駄でしょうから。いつぴんと来たんです？　最初からわかってたんですか？」

「いや、まさか」キャンピオンはあやまるような口調になった。「きみが話してくれた、例の〝陽は沈んだ〟とかいうウッドラフの言葉がきっかけだったんだ。そこから次々と考えが広がっていったのさ。なあケニー、きみは子供時代に親戚の小母《おば》さんか誰かから、こんなふうに言い聞かされなかったか？——決して、陽が沈むまで怒りを持ち越すな」

「そりゃあ、聞いたことはありますよ。しかし、どういうことなんです？　それがウッドラフと伯母の合言葉みたいなものだったとか？」

「そうじゃないかと思ったんだよ。二人は彼が子供のころにはごく親しかったし、どちらも短気な人間だった。それでウッドラフはもう陽が沈んだことを伯母に気づかせようとして、わざとあんなふうに彼女の大事なフルーツ皿を落としたんじゃないかとね。だってほら、やろうと思えば床にたたきつけることもできたんだ。彼が注意深く力を制御して落とさなければ、皿は粉々になっていただろう。短気な人間はえてしてそうだが、おそらく二人は後悔するのもすばやかったのさ。きみは彼らがどちらも例の騒ぎのあと、すぐさま腰をすえて手紙を書いたのを奇妙だとは思わなかったかい、ケニー?」

刑事は彼をまじまじと見た。

「伯母は顧問弁護士に手紙を書き……」とゆっくり切り出し、「かたや甥は——何てこった! ウッドラフは彼女に謝罪の手紙を書いたってわけですね?」

「それはほぼ間違いないが、その手紙が見つかることはないだろう。今ごろはキッチンのレンジの中で灰になってるさ。ウッドラフはその手紙を届けにもどり、ドアの下に押し込むと、急いで立ち去ったんだろう。まさにあの刑事が言ったとおり、何かの懸念を晴らしたばかりといった顔つきで。それでようやく眠ることができたんだ。その日のうちに、胸のつかえをおろしてね」キャンピオンはテーブルから腰をすべり落として立ちあがり、「肝心なのは言うまでもなく、ミセス・シバーには彼が来ることがわかっていたという点だ。だから起きて待っていたのさ」

ケニーはすっと息を吸い込んだ。

「それにミス・スミスも知ってたんですね？」

「もちろん知っていた。ミセス・シバーは隠し事ができるようなタイプじゃなかったからな。あのコンパニオンは、ミセス・シバーが最初の手紙を受け取ったときから気づいてたんだ――自分がどうにかしなければ、結局は甥の思いどおりになってしまうだろうと！　ここの家具に夢中なのはミス・スミスのほうだったのさ。それは家じゅうがピカピカに保たれているというきみの言葉を聞いてすぐに気づいたよ。心臓の弱い老女が三階建ての家を宮殿のように磨きあげておけるはずはないし、それを他人に強《し》いるのも無理な話だ――当の本人が望まないかぎりはね。アンティークに目がないのはミス・スミスのほうだったのさ。仮に甥が従軍中に死ねば、この家は誰のものになるはずだったのかな？　ミセス・シバーは遺言書に但し書きをつけていたはずだ」

ケニーは両手で頭をさすり、一気にぶちまけた。「それはわかってたんですよ！　顧問弁護士の助手が今朝がた話してくれました。被害者の遺産相続人はウッドラフか電話で問い合わせたときに。こちらはその点を確認するのに夢中で、ほかのことにはろくに注意を向けなかったんですが、甥が死亡した場合は、コンパニオンがこの家の終身の使用権を得るはずでした」

まった。彼女はそれに気づいて身震いしたにちがいない」

ケニーは驚嘆の面持ちでかぶりをふった。「いやあ、ぶったまげたね！」と優雅ならざる口調で言い、「あたしがあなたにヒントを与えたとは笑わせますな！」

その夜、キャンピオンがベッドで休んでいると電話が鳴った。またもやケニーからだった。

「あのう、キャンピオンさんですか？」

「そうだが？」

「こんな夜遅くにお邪魔して恐縮ですが、ひとつ気になることがあって。お訊きしてもかまいませんかね」

「ああ、いいとも」

「では、と。いちおうすべて順調にいってます。スミスは三人の医師に精神の異常を認定されました。ウッドラフの細君は嬉々として夫を慰めてます、彼は伯母の死にショックを受けてるようなので。総監はご満悦ですよ。だが、こちらはどうも寝つけませんでね。キャンピオンさん、あなたはどうしてバラクラフ街で午後の郵便が配達される時間を知ってたんですか？」

細身の男はあくびを嚙み殺した。

「それは角の薬局に立ち寄って尋ねたからさ」彼は答え、名探偵の決めぜりふを吐いた。「調査の基本だよ、ケニー君」

奇人横丁の怪事件

The Curious Affair in Nut Row

「常に女に注目すべし」ルーク主席警部はそうとなえると、アルバート・キャンピオン氏と連れだってあらわれた愛らしい娘にじろりと無遠慮な目を向けた。〈鉄道保線《プレートレ》員組合亭《イヤーズ》〉の二階のラウンジで細長いテーブルに腰をおろしたその夜のルーク警部は、絶好調とは言えないまでも、たいそう意気軒昂《けんこう》だった。身体にぴたりと合った小粋《こいき》な服を着たその姿は、威風堂々たる黒猫といったところだ。

　通りの喧騒が妙に間近に聞こえる湿っぽい春の夜で、おもてのドアが開かれるたびに、凍えつきそうな空気がさっと吹き込んでくる。ラッシュアワーのピークとはいえ、まだ帰宅するには少々早すぎる今は、まさに小話にはうってつけのひとときだった。

「わたしが以前、初の本格的な昇進にあずかったのも、『あい』と答える以外はろくに口もきけない女の言葉に耳をかたむけたおかげでね」やおら話を切り出した警部は、両目を閉じて頬をぷっとふくらませ、うぶな用心深い笑みを浮かべてみせた。たちまち、くだんの能弁な娘が、わたしたちのまぶたに浮かびあがった。

「彼女は懐かしい聖メアリ街警察署の裏の煙草屋で働いていた。モッシー（苔むした、という意味）と呼ばれていて、見た目もまさにそんなふう――ふわふわで青臭い感じでしたな。映画だけが生き甲斐で、こちらまで映画スターにならなきゃいけないように思えたほどだ。当時はあそこの部長刑事だった〈泣きのジョージ・ブル〉に人生のわびしさを思い知らされるたびに、彼女と話しに出かけたものですよ」

ルークはつかのま、ブラッドハウンドのように額にしわを寄せ、陰気な太った男になりきって、締まりのない太鼓腹を片手で器用に描いてみせた。それから、陽気に先を続けた。

「その年は冬が長く、おかしな行動をとるやつが続出していた。そりゃあ、寒さのせいですよ。彼らは九月の終わりに不満を抱きはじめ、十一月初旬のガイ・フォークス祭のころには《タイムズ》紙に投書をしはじめる。そしてクリスマスがすぎると警察署に押しかけてくるんです。冗談を言ってるわけじゃありません。そうなる気配を感じたら、用心しなきゃならんってことですよ。その冬、とりわけ頭痛の種になっていたのはバーバリー広場の問題です。あそこを知っていますか？」

キャンピオン氏のロンドンに関する知識は驚異的だった。「〈海洋学術調査会〉があところだな」と即座に答えが返ってきた。

「まさにそこです」ルークは彼に、ちらりと敬意に満ちた目を向けた。「広場の北側には、馬鹿でかい建物が軒を連ねていましてね。埃《ほこり》っぽい非常階段と、ろくでもない改装工事の跡だらけの一角です。ジョージはそこを〈奇人横丁〉と呼んでいた。住居に使われているのは、屋根裏のほんのいくつかの部屋だけで――」斜めになった想像上の天井にぶつからないよう、ひょいと頭をかたむけたルークのしぐさがあまり真に迫っていたので、聞き手の何人かが一緒になって首をかたむけた。

「この話の当時は、そこにじっさい住んでいたのは一人の老人だけでした。彼は〈海洋何たら会〉のとなりの建物の屋根裏に住んでいたんです。小ぢんまりした、なかなか居心地のよさそうな部屋だったが、その建物自体は昔ながらの雑居ビルでした。すぐ下の階は、菜食主義者向けの雑誌を出してる出版社のオフィス。その下は郵便切手の専門店で、一階と地下は土曜日以外の午後だけ、かしましい婆さん連中がソロモン諸島へ送る荷物を仕分けするのに使われていた。いっぽうとなりの建物は、例の海洋クラブが独占使用してました。会議や講演会を開いたり、ヴィクトリア街にある〈水中科学振興会〉のライバルたちとの私闘をくり広げたりして」

ルークは左右の眉をつりあげて聴衆を見まわし、「ああした組織の連中はみな、ちょっとばかり変わっていてね」と真面目くさった口調で言った。「世間に名の通ったエリート集団の〈調査会〉でさえ、何やらあぶない感じでしたよ。彼らは先史時代の魚とやらを手に入れて、大きな注目を集めたばかりだった。例のシーラカンスより古い種類の魚で――あちらはたしか、肺がないんでしたよね？　ところが、今度のやつは胃もないんです。中までぎっしり身が詰まってるとか、何かそういったことなんでしょう」

ルークはその不運な生き物をまねてみせたわけではないが、ちらりと考え込むような表情を浮かべただけで、その哀れな様子が伝わってきた。

「しかも、生きた標本だったんです」彼は続けた。興奮したときの常で、言葉が次々とあふれ出す。「わたしもこの目で見ましたがね。何とかいう中国人の男が、あちらの川かどこかで洗濯してるときにつかまえたってことでした。それが莫大な費用をかけてこの国へ空輸され、〈海洋学術調査会〉が生きたまま飼っておこうとしてたんですよ――特殊なヒーターつきの、適度に汚れた水槽で。一般公開はされなかったが、その手のことに興味があって寄付を惜しまない者には、ちょっとだけ見せてやってたみたいです。

わたしがそうしたことを知ったのは、あそこの会長のサー・バーナード・ウォルフイッシュが、例のヴィクトリア街にある〈振興会〉の会頭——サー・シンガミー某と一戦交えたからでしてね。サー・シンガミーが科学の振興のためにくだんの魚を解剖したがって、両陣営に物議をかもしてたんですよ。そこでわたしは〈調査会〉に遣わされ、おたくが自費でどうにかしないかぎり、首都警察としてはおたくのペットを警備する気はないとサー・バーナードに説明させられた。それであの場所を知っていたので、となりの屋根裏部屋に住む老人、セオドア・フーキー氏が苦情を訴えてきたとき、その住所に心当たりがあったわけです」

「菜食主義者向けの雑誌社の上に住む男だよ」あまり注意深く聞いていなかった者たちのために、キャンピオン氏が説明した。

「そう、その男です。じつのところ、こちらはそれまで、ご老体がそんなところに住んでいるとは夢にも知らなかったんですけどね。ある朝、彼が電話をよこしたんです。ところが話を聞いてみたら、どうも正気とは思えない。さらに、ちょうど昼時にさしかかったころ、ご当人が署にあらわれると、たしかに正気じゃないことがわかったんです」

ルークはそこで言葉を切り、さっと背後に目をやると、猜疑心に満ちた恐ろしげな顔で聴衆をふり向いた。

「ご老体は円盤がどうとか訴えたんですよ」

「おやおや」とキャンピオン。「まさか、空飛ぶ円盤のことじゃなかろうな！」

「当たりです！」ルークは図星だとばかりに顔をしかめてみせた。「そいつの存在を信じきってるようでした。こちらも初めは、感じのいい老人だと思ってたんですよ。じつに礼儀正しい、繊細な、分別のある人物だとね。ところが、そうしてみながすっかり手なずけられたところで、とつじょご老体の顔に異様な表情が浮かび、すべてがあらわになったんです。火星からやってきた男たち。わしはかまわんのだが、と彼は言いました——あんな連中があまりこの国のためになるとは思えない、と。ともかく驚かされたのは、一部始終が真に迫った口調で語られたことです。ご老体によれば、彼らはときには群れをなして屋上に降りたち、ときにはただじっと部屋の外の階段にすわり込んでいる。またあるときは、彼らなりに話をしようとしているのか、湿っぽい口笛のような音だけが聞こえる。彼らは球形の目を持ち、皮膚は鱗《うろこ》におおわれ、まるでアヒルみたいなどでかい扇形の足をしてるってことでした。そしてそれを話すあいだじゅう、ご当人はこんな狂人めいた表情を浮かべて……」

「気の毒に！」キャンピオン氏が同情しきったようにつぶやいた。

「それはこっちも同じです！」ルークは断固として言った。「みんなただでさえ、山ほど厄介事を抱えてたのに、同じ話を三度も聞かされたあげくに、とうとう夜明けまえからご老体の電話に悩まされるようになったんですからね。じきに当初のものめずらしさも薄れ、彼をしょっぴくしかなさそうに思えはじめたが、そうすれば医者やら、入院手続きやらが必要になり、まず間違いなく怒った親族が押しかけてくる」ルークは黒っぽい頭をふった。「やむなく、いつもどおり慎重な調査を進めると、セオドア・フーキー氏について知れば知るほど、いよいよ事態は厄介に見えてきた。彼は隠者のような暮らしをしているものの、あらゆる人名録に掲載されてる並々ならぬ名士で、いくつかの一流クラブの会員でもあることがわかったんです。そこでしばらく様子を見たが、ほかには苦情を訴える者はなく、フーキー氏に悩まされているのもわれわれだけだった。こちらは彼の家へは出向かずに、電話が来るたびに、適当な約束ではぐらかしていました。そうする以外なかったし、最初の数日がすぎると、何だか彼の苦情に慣れてしまいましてね。いつものあれか、って感じになったんですよ」

ルークはため息をつき、「そんなある日、モッシーの店へ煙草を買いにいくと、中からご老体が出てくるじゃないですか。通りで姿を見るのは初めてでした。『こんばんは』と声をかけると、彼は両目を見開き、例のおかしな目つきでわたしの足をまじまじと見て、そそくさと遠ざかっていきました。残されたこちらは何とも決まりの悪い気分でしたよ」

ルークは自分の馬鹿でかい黒靴を見おろし、にやりと笑った。「クワッ、クワッ」とアヒルの鳴き声をまね、「モッシーがとつぜん話しかけてきたときも、そればかり考えてたんです。それで最初は何も耳に入らなかったんですが、しばらくすると、彼女がこう言うのが聞こえた――『彼がその外科医で、相手の女性《ひと》よりだんぜん目立ってましたよ。両手をぶるぶる震わせて……。総天然色の作品だったけど、二人とも青ざめててね。不気味なことといったら……』」

ぞくぞくするような場面を思い出して震える、ロンドン訛《なま》りの小さなしゃがれ声。ルークはそれをみごとにまねてみせ、こちらにまで伝わってきそうな、無邪気な歓喜を明るい両目ににじませた。

「そこでふと注意を惹かれましてね」ルークは続けた。「なぜかはわかりませんが、『誰が？』と尋ねてみたんです。『あら、あの人ですよ』とモッシーは言いました。『今しがたここから出ていった人。彼は俳優さんなんです』と。こちらは『まさか！』と取り合わなかったが、彼女はあくまで言い張った。何度も映画で見たことがある、彼はマーティン・トレオワーという名の、端役《はやく》専門の俳優なのだとね。『いつも神経のいかれた役ばかり。あたしの年鑑にも載ってるわ。見せてあげますよ』たしかに、彼女は見せてくれました」

ルークは両目を見開いた。「いくらか手間取ったものの、カウンターの下にもぐり込み、何やら映画の年鑑を取り出してきたんです。わたしたちは一緒にページを繰った。むろん、こちらはまともに信じちゃいなかったけど、彼女は捜していたものを見つけ出しました。半ページほどの、写真入りの記事を。

　自分の目が信じられなかったが、認めるしかありませんでした。たしかに載っていたんです――〈マーティン・トレオワー：狂気の顔を持つ男〉。どうやら彼は神経症の役柄専門の性格俳優らしく、一列に並んだ小さな写真はそれぞれちがう衣裳で撮られていたが、どれもあの忘れがたい、異様な表情を浮かべてました。狂った外科医、精神異常の執事、妄執に憑《つ》かれた死刑執行人。彼はそうした役柄をすっかりものにしてたんですよ。例のあの表情さえ浮かべれば、どれほど頭の鈍い観客にも、こいつはいかれた人間で、こいつの言葉はいっさい信用できないとわかるようにね」

　ルークは呵々《かか》と笑いはじめた。「そのあと、あんぐり口を開いて突っ立っているわたしの鼻先で、モッシーが導火線に火をつけたんです。『彼は何かの役を演じ終えたばかりなんじゃないかしら、仕事を捜してる俳優さんたちが読む新聞を買いにきたから』って。泡を食ったの何のって！　わたしは走りに走った！」

ルークが細長い両手をごしごしこすり合わせると、そのエネルギッシュなしぐさが〈保線員組合亭〉のラウンジに遠い一夜の大騒動をよみがえらせた。

「結局、無事に彼らを取りおさえたが、きわどいところでしたよ。なにせ、ジョージがこちらの話を信じてくれませんでね。まずは屋根裏部屋に足を運んで、本物のセオドア・フーキーに接触すべきだと言うんです。しかし、それじゃ取り返しのつかないことになってたでしょう。とにかく時間がなかったんです。最終的にはジョージも折れて、何とか適切な処置をとれましたがね。問題の建物の外に三名の署員を配し、わたしは相棒と二人で〈調査会〉の中でじっと待っていた。明け方の二時に非常階段から侵入してきた連中は——ぜんぶで四人でしたが——その場で御用とあいなったわけです」

「どういうことなの？」キャンピオン氏の連れの愛らしい娘が思わず尋ねた。ルークの興奮ぶりに、徐々に戸惑いをつのらせていたのだ。「誰が非常階段から入ってきたの？　どこで？　何のために？」

ルークは彼女に晴れやかな笑みを向け、「おやおや、お嬢さん、あんたは例の〈始祖魚〉のことを忘れてますぞ」と満足げに言った。「ほら、〈振興会〉があれを手に入れたがっていたでしょう？　ところが〈調査会〉は渡そうとしなかった。そこで業《ごう》を煮やした若き紳士たちの一団が——のちに治安判事に説明したところによれば、もちろん、ひとえに科学の振興のために——自力でその魚を失敬することにしたってわけですよ。

彼らは入念きわまる準備をした。そうせざるを得なかったんです。くだんの魚は、深さ十二フィートの水槽に入れられてたのでね。若者たちの二人は、捕獲作業に適した装具を身に着けていた。こちらが取りおさえたときにも、じっさい火星人かと思うような姿でしたよ。彼らが屋根から侵入することにしたのは、階下のドアは人目につくうえに厳重に施錠されているし、窓には鉄格子が嵌《は》まっているから。そんな、ごく単純な話だったんですよ」

キャンピオン氏がやおら眼鏡をはずした。薄青い両目を興味深げに躍らせている。

「地ならしのために例の俳優を雇ったのが、何とも独創的なところだな。本物のフーキー氏は彼らが屋上にいるのを目撃するはずの唯一の人物だった。彼は当然、すぐさま警察に通報しただろう」

「だが警察はけんもほろろの対応をしたでしょうな」ルークが待ってましたとばかりに口をはさんだ。「そして痛恨の事態を招いたはずだ。われわれはまんまと騙されるところだったんですよ。単純にも、まさにそんな時刻にそんな電話が〈狂気の顔を持つ男〉からかかってくるのに慣れっこになってましたから」ルークは大きな口をすぼめて笑みを浮かべ、愛らしい娘に目をやった。「首都警察の誰ひとり、その件を公《おおやけ》にしたがらなかったおかげで、マーティン・トレオワー氏が訴えられることはなかった。彼はさっさと元の聖なる名前にもどされ、ファイルの底に埋もれることになったんですよ」

「元の聖なる名前？」娘が期待どおりの質問を投げてよこすと、ルークはわざとらしく目を伏せた。「まあ、わたしたちが〝みんなロンドンっ子だから〟でしょうな」と流行《はや》り歌の一節を満足げに引用し、「彼を〈トレオワー、洗礼名マーティン（聖マーティンはロンドンの中心部の教会にまつられている聖人で、貧者の味方として親しまれている）、俳優〉として記憶にとどめることにしたんです。いっぷう変わった、愛すべき男としてね！」

聖夜の言葉

Word in Season

アルバート・キャンピオン氏は、くすぶる暖炉の炎をまえに肘掛け椅子にすわり込み、そのかたわらの敷物の上には愛犬のポインズがうずくまっていた。赤毛のアイリッシュセッターは、炉辺の壁飾りから落ちてきたヒイラギの実の匂いをいぶかしげにクンクン嗅いでいる。両者とも、動揺しきって心ここにあらずといった様子だった。

アマンダは二階で憤然と歩きまわっているとみえ、オークの床板をコツコツとたたくヒールの音が聞こえる。天上の梁《はり》のあいだの漆喰《しっくい》に残った黒焦げの跡が、この夜の惨事をみごとに物語っていた。さきほど、キャンピオン氏がヤドリギの下で妻にキスをすべく、大きな枝の束を不器用に吊るそうとしたところ、長さ四インチの釘が家の真新しい配線を直撃し、噴きあがった炎が天井を焼き焦がしたのだ。そのヤドリギは屑籠《くずかご》の中にある。アマチュア電気技師である妻が胸の内をぶちまけ、憤然とヒューズを替えにいったあと、キャンピオン氏がそこに投げ入れたのだ。

クリスマス前夜の十一時半をすぎた今、室内の明かりは元にもどったものの、アマンダはもどらなかった。立ち去るまえに放ったせりふからして、彼女は二度ともどらないのではないかとポインズには思えたし、彼の飼い主も同じ考えのようだった。

ポインズは途方に暮れていた。ただでさえ、いつもクリスマス前夜は悩ましい思いをさせられるのに、こうして大事なアルバートまでもがみじめに黙り込んでいるのでは、まったくどうすればよいのかわからない。

ポインズは世間知らずの、神経質な犬だった。それは育ちのいいセッターに共通の資質だが、彼の場合はいささか度を越えていた。少々育ちがよすぎるゆえに、あれこれ気を揉みすぎる嫌いがあったのだ。そんなわけで、ひとつにはアルバートとアマンダのことが大好きだったため、もうひとつには、あのバチバチという恐ろしい音と火花で優雅な全身の毛がこわばってしまったために、ポインズはいよいよ狼狽《ろうばい》し、心を決めかねていた。

彼を悩ませているのは、例の昔ながらの問題——〝口をきくべきか?〟という問題だった。

もう何世紀もまえから知られてきたように、あらゆる家畜やペットはクリスマス前夜の真夜中まえの一時間だけ、人間の言葉を話す力を与えられている。その特権がめったに行使されない理由は判然としないが、さほど意外なことではないのだろう。長年のうちにあれこれ学んだ生き物は、人間だけではないからだ。じっさい、口は大いなる災いの元だと気づいたのは、むしろ動物たちのほうが早かった。

あらゆる小犬や子馬、子猫たちは、母親の乳と共に、この聖夜の恩典への根深い不信を吸いあげる。根っから間抜けで、情にもろく衝動的な子牛ですら、幾多《いくた》の苦汁《くじゅう》をなめた今ではほとんど一語も発しない。そもそも初めから、人間の言葉を話すのは容易ではなかった。かなりの感情をかきたてなければ、必要な力を奮い起こせないうえに、一年間の沈黙のあとで何を言うかという単純な問題にも気力をそがれてしまうからだ。

気の毒なポインズは、子供時代にいやというほど、高名なご先祖〈アンジューのルーファス〉の悲劇を聞かされていた。稀代のチャンピオン犬だったルーファスの敬愛するご主人様は、確固たる政治的見解を持つ大地主だった。その高貴な人物が何より楽しみにしていたのは、グラスを片手に腰をおろし、赤毛の友人を足元にはべらせて、時の政権の過ちを憂《うれ》いながらすごす夕べのひとときだった。そうして彼らは、犬の生涯の何分の一かを申し分なく幸せにすごしたのだ。ところが、ある悲しむべきクリスマスのこと、ルーファスは例の昔ながらの危険を冒してみようと思いたつ。そしてまるまる一年かけて、偉大な飼い主がいちばん喜びそうな言葉を見つけるべく、研究を重ねたのだった。

ルーファスはその間《かん》ずっと、相手の発する一言一句に入念に耳をかたむけた。そしてついに待ちに待った夜が訪れ、彼らはいつもどおりそろって冬の炉辺に腰をおろした。時計が十一時を告げた十分後に首をもたげたルーファスは、友人の目をひたと見つめて、はっきり口にした――「ラムジー・マクドナルド（英国初の労働党内閣の首相。一八六六－一九三七）など、くそくらえ！」

たちまち災難が襲いかかった。ご主人様はデカンターをひっくり返してがばと立ちあがるなり、スカーフをむしり取って主治医を呼びにやらせた。以来、医師の指示で飲み物をミルクに替えたご主人様は、陰気な皮肉屋になった。何より悲惨だったのは、彼が二度とルーファスを目にする気になれなくなってしまったことだ。

キャンピオン氏はその手の人間ではなさそうだから、ポインズはかならずしも、そんな反応を恐れたわけではない。だがべつのひとつの危険が予想され、それを思うとぞっとした。

問題は、キャンピオン氏の従僕で、今はロンドンのフラットの留守番をしているラッグ氏があっけらかんと口にしたことだ。一か月ほどまえのある晩、一緒にキッチンにいると、ラッグ氏は不意に、おまえさんが言葉を話せたら一緒にテレビに出られるのにな、と言い出したのだ。

本人はポインズがその思いつきを喜ぶと考えているようで、それが可愛い犬に与えた衝撃には、あきらかに少しも気づいていなかった。

ポインズはしじゅうテレビを見ていた。いつもどっぷりテレビ漬けのラッグ氏が、ときおりポインズを残して出かけるさいに、うっかり忘れたふりをして何時間もつけっ放しにしてゆくからだ。好意でしていることはわかっていたから、ポインズは気にしていなかった。生来の礼儀正しさゆえに、テレビを好きになろうとしたほどだ。ところがある夜、〈クラフツ・ドッグショー〉の最終審査が映し出された。ヴィクトリア時代の箱入り娘がとつぜんアトランティックシティーの水着美人コンテストに引っぱり出されても、あのおぞましい番組を目にしたときのポインズほど激しい反応は示さなかったろう。画面のまえに一人すわったポインズは、仇敵《きゅうてき》にでも出会ったように両目を剝《む》いてうなじの毛を逆立てた。立派な紳士ともあろうものが足をじろじろ調べられ、尻尾の長さを測られ、歯の品定めまでされるとは。しかもひとつの会堂のみならず、王国じゅうの居間にすわった批判がましい観衆の面前で……。それを考えただけで、ポインズは自分でも気づかないほど深いショックを受けていた。

その夜からこのかた、国じゅうの退屈しきった犬たちをもっと楽しませるために、彼自身がテレビに登場するという悪夢が脳裏につきまとい、口達者なアナウンサーに乗せられて胸中を語る自分を想像しては、ポインズは震えおののいていた。

このままじっと口を閉ざしているかぎり、彼のプライヴァシーが侵されることはない。けれど、ひとたび言葉を発すれば——ひとたび彼には周囲の会話の筋道を追い、メッセージを理解して、嘘もつけるという噂が広まれば——どれほどひどい騒ぎになることか！

ポインズはキャンピオン氏をちらりと見やり、彼の背後の時計に目をやった。残り時間はわずか二十分。キャンピオン氏の青ざめた顔は、とても見ていられないほど悲しげだった。しょげきった哀れな男は、一、二度すばやく天井を見あげ、耳を掻き、両足をもぞもぞさせて吐息をついた。もはや階段の上の暗がりからは物音ひとつ聞こえない。ただ、冷え冷えとしたうつろな闇が広がるばかりだ。彼らは完全に見棄てられていた。ひょっとすると、永遠に。

そうして飼い主の苦悶《くもん》を見守るうちに、あの発作的な忘我の情——犬たちがいまだ人類に教えることができずにいる偉大な共感力——により、ポインズは相手の悲哀と喪失感を当の本人よりもはるかに、はるかに深く感じたのだった。

セッターは向こう見ずにも、恐るべき結果を毅然と直視した。やおら優雅に身を起こし、床にすわると、長い貴族的な手を愛する友の膝に置き、あの究極の試みのためにありったけの勇気を奮い起こした。そして注意深く口を開き、

「ぼくはきみが大好きだよ」と、はっきり口にした。

キャンピオン氏が彼をぼんやりと見つめた。眼鏡の奥の両目はいつになく暗く、懸念に満ちている。

やがて片手をポインズの美しい平らな頭に載せ、そっと撫でると、何ひとつ考えていない様子で優しく言った。「ああ、わかってる。よくわかっているよ」

彼らがまだそうして――キャンピオン氏は意気消沈し、ポインズのほうは心強い返事への感謝の念で口もきけずに――いるうちに、アマンダが部屋に入ってきた。

彼女は新しい緑の部屋着に着替えており、それが赤い髪をすてきに引きたてていた。ポインズの毛皮とは少々異なる、もっと深くてまろやかな色味の彼女の髪は、まばゆい秋の黄金《こがね》色の光を宿していた。

そばにやってきたアマンダは、キャンピオン氏の椅子のアームに腰をおろした。ハート形の顔に、うっすら悔恨の情をにじませて。

「〝ぶきっちょ〟以外の言葉はすべて撤回するわ」彼女はほどなく言った。

「〝ぶきっちょ〟なのは認めるよ」キャンピオン氏は即座に答えた。「それはぼくの友人も同じだろうけどね」

キャンピオン氏が腰をずらして彼女をとなりにすわらせた。いともあっさり達成された奇跡的な和解をまえに、安堵と喜びに言葉を失ったポインズは、背中をのばして緑の襞《ひだ》の中に顔を押し込み、慈悲深い人生への感謝に酔いしれた。

「あなたたち二人が話しているのが聞こえたわ」アマンダが言った。「むくれた妻に置き去りにされて話し相手がいないからって、犬の声まねをしたりするのはあなたぐらいのものでしょうね。はっきりふたつの声が聞こえたけれど、何を言っているのかはわからなかった。何を話していたの？」

「まあ、いろいろとね」キャンピオン氏のほうも、甘い香りの、暖かい緑の布地に顔をうずめていたい気分だとみえ、その声はくぐもっていた。「季節の挨拶を交わしてたのさ。ぼくらはどちらも、きみがもどってくれてすごく嬉しいよ。そうだろう、ポインズ？」

ポインズは、はっと頭をあげた。二人を愛情あふれる目で見つめ、茶色い唇を開きかけたとき――チャイムの音に救われた。彼らの背後の時計が真夜中の時報を鳴り響かせたのだ。

年老いてきた探偵をどうすべきか

What to do with an Aging Detective

その日、アルバート・キャンピオン氏との会見を終えたわたしは、少々悲しい気分になっていた。

彼はとても感じよかった。別れぎわにはわたしの手を握り、「ねえ、きみ」と言いながら、あの穏やかなしかめっ面《つら》をしてみせた――もうわたしの胸がきゅんとうずくことはなかったが。「やっぱりぼくにはもう無理な話だ」

「何が無理なの？」わたしはぶっきらぼうに尋ねた。

「それは……」彼は少々時代遅れに思えるほど、いまだに控えめで、内気で、ちょっぴりぼんやりとしていた。「あちこち身軽に飛びまわること。拳銃を抜いて軽口をたたくこと。それに警察が好きなふりをすることも……。なにせ、ぼくの年齢《とし》はみんなに知られてるんだ。きみがそうしたんだぞ。お互い混乱せずにすむように、ぼくの年齢を二十世紀の年号と同じに設定して（キャンピオン氏は一九〇〇年の生まれで、一年ごとに年を取ることになっている）。べつに文句を言ってるわけじゃない。ただ、次の作品が出るころには、こちらはもう……」

彼はかすかに顔を赤らめた。「ええと、六十歳近くになってるはずだ」

「ええ」わたしもうっすら頬を赤らめ、ぶつぶつ言った。「そうね、わかるわ。でもあなたはもう警察が好きじゃないの？」

「あんまりね」薄青い瞳に、遠い昔には見られなかった厳しさがのぞいた。「彼らに問題があるわけじゃない。今でも善良な連中が務めを果たしてるんだろう。だがきみ、あれはケチな古臭い仕事だよ。そう思わないかい？」

「いいえ」わたしはすばやく答え、有無を言わさずキスすると、彼をボトル通りのフラットのドアの中に押しもどした。「いいえ、そうは思わない。もしもわたしがそんな考えだったら、わたしたちはどちらもここにはいないはずよ。じゃあまた、元気でね。あなたは安楽椅子にでも腰を落ち着けて」

そう言い残して戸口を離れたわたしは、湿った歩道をぶらつきながら考え込んだ。どうしてたった四つの年齢差がこれほど二人の考え方を食い違わせてしまうのだろう？　じきにわたしもあんなふうになるのだろうか、と。するとそのとき、ちょっとした事故が起こった。

近道をしようと脇道に折れたわたしが、細い路地の左右に立ち並ぶ、上階が小さなフラットになったガレージのひとつのまえを通りかかったときのことだ。上の窓が開き、誰かが大きな旅行用ひざ掛けを外に出してふろうとした拍子に、それがみごとにわたしの頭上に落っこちたのだ。どかどか駆けおりてきた男に助けられ、どうにか襞《ひだ》の中から抜け出したわたしが目にしたのは、何と、とうに死んだとばかり思っていた旧友だった。マーガズフォンテイン・ラッグ。あの巨大な、生白い、セイウチのような口髭を生やした顔が、ぬっと目のまえに浮かびあがった。

「おう、久しぶり」ラッグは言った。「ちょっと夜食でもつまんでくかい？　ちょうど、今朝がた開けたばかりのニシンの缶詰がテーブルに出てるんだ」

彼のあとについてぐらぐらの木の階段をあがってゆくと、あきらかに以前は厩《うまや》の屋根裏部屋だったとおぼしき広めの部屋に通された。家具といえば、壁ぎわにぐるりと置かれた三棹の巨大なヴィクトリア朝風の衣裳だんすと、部屋の中央のキッチンテーブル、それに木製の椅子がひとつだけだ。テーブルの上には、例のお決まりの缶詰のほかに、衣類の手入れ道具がずらりと並べられていた。洋服ブラシやら何やら、従僕の七つ道具が残らずある。

あっけにとられてラッグを見つめていると、彼はまばたきひとつせずにわたしを見つめ返した。

わたしはついにこらえきれなくなり、

「マーガズ」と、ずけずけ切り出した。「気にさわったら悪いけど、あなたはどう見積もっても、百二歳ぐらいにはなってるはずよ。こんなところで何をしてるつもりなの？」

彼は優しい母牛にとつぜん理由《わけ》もなくひっぱたかれた子牛のように、傷ついた驚きの表情でわたしを見つめた。

「何をしてるって？　せっせと自分の務めを果たしてるのさ、あんたとちがってね。あっしは従僕だから、従僕らしくしてるんだ。この馬用の毛布が見えるかい？　こいつはエドワード七世国王陛下ご夫妻のために特別に織られた二枚のうちのひとつだ、畏《おそ》れ多くもな！　一枚はご夫妻が使用され、残りの一枚がこいつってわけだがね。みごとなもんだろう？　厚さが半インチもある」

「ラッグ！」わたしは肝をつぶして言った。「よもやあなたは――わたしに黙ってアルバートを見棄てたわけじゃないわよね？」

「旦那を見棄てる！」禿げあがった額の上で、玉の汗が情感たっぷりにきらめいた。「まさか！　いくら金を積まれたって、そんなまねはするもんか。あっしは出向中なんだ」

わたしはおっかなびっくり、周囲を見まわした。ぴたりと閉ざされた大きなマホガニーの扉の数々が、とつぜん不吉に見えてきた。「でも――誰のところに？　タイムマシーンなんてないのよ、マーガズ！　悪ふざけで前世紀にもどったりはできないの」

「そんな気はねえよ！　これっぽっちもな」ラッグは憤然とした。「間違いなく今は一九五八年さ。そうじゃなくて、あっしはちょっとクリス坊ちゃんの手伝いをしてるんだ。坊ちゃんがこいつをぜんぶ受け継ぐんだよ――エドウィン大伯父さんの従僕から遺《のこ》されたとかで。それであっしが手入れをしてやってるのさ」

彼がつややかなマホガニーの扉のひとつをさっと開くと、中にはずらりと紳士用の上着が吊るされていた。一枚ずつ、黒っぽいオランダ布のおおいがかけられている。さらにその下には、ピカピカに磨きあげられた革靴のつま先が見えていた。栗色、黄褐色、黒、灰色……。

ラッグは扉を閉めてため息をつき、「な？　どれもクリスにぴったりだ。サー・エドウィンが従僕のチェリーストーンに遺したんだが、チェリーストーンはクリスが生まれたときからずっと見守ってきたのさ――いずれは坊やがこいつにぴったりの体格に育つんじゃないかと期待して。サー・エドウィンはすごいのっぽだったんだ。ひょろりとしてて、いっぽうの肩がもういっぽうより高かった」

「あらまあ！」わたしは思わず言った。「気の毒に。それじゃぜんぶ、仕立て直さなきゃならないでしょうに」

「いや。あっしがうまい着方を教えてやるさ」

「なるほどね」誰か知らないが、その若者にひそかに同情せざるを得なかった。「で、クリスのフルネームは何ていうの？」

ラッグはおなじみの、いわくありげな目つきでそっと周囲を見まわした。「あんたは例の、旦那の兄貴を憶えてるかい？」

「アルバート・キャンピオンのお兄さん？」気づくと、こちらも声をひそめていた。

ラッグはうなずき、「イートン校からおっぽり出されたあの御仁《ごじん》だよ。クリスはその末っ子でね。感じのいい若者さ。金はないけど、正真正銘のプロとして働いてる。すごくお洒落《しゃれ》な、まさに今どきの若者だ。待ってなよ。見ておく価値はあるかもしれないぜ。あっしがきっと、あの坊やをひとかどの男にしてみせるから」

「そうかもしれないけど」わたしは戸惑っていた。「ねえラッグ、あなたは何者なの？　つまり、アルバートは年を取ったのに、どうしてあなたは変わらないの？」

ラッグはトチの実色の細長い靴を取りあげて磨きはじめた。ちょっぴり面白がっているようだ。

「そんなことを訊くかねえ！」やがてそう言い、「あんたも時流に乗り遅れんようにしたほうがいいぞ。あっしらみたいな世情に通じた人間は、近ごろはみんなギリシャ文学を読んでるんだ。そんな哲学問答は耳にタコってやつだよ。そういや、あんたは昔はアルバートの旦那にメロメロだったよな。理想の君ってところだったんだろ？」

ラッグはわたしに意地の悪い流し目を向けた。「あっしのほうはちがったけどな」

「大ちがいだわ！」彼はじつにしゃくにさわった。わたしはこれまで幾度となく考えてきたように、何ていやな爺さんだろうと考えた。そして不覚にも、それをぶちまけた。

「あなたはどうしようもない、紳士気取りの俗物よ！」と大声で言い、「滑稽《こっけい》な突拍子もない人間で、興味があるのはガラクタ集めと服の手入れと……」

「そうとも！」じっと立ってわたしにうなずきかけるラッグの両目が、すべてお見通しだと言わんばかりにきらめいた。「そうとも。あっしは一部の連中には冴えないやつだと考えられてるし、ほかの連中には、聖アントニオの豚（豚は聖アントニオのシンボル）の足元にも及ばんやつだと考えられてるよ。ちょうど、あんたがフロベール先生の足元にも及ばんようにな。で、話のついでにほかに何か言っておきたいことはあるかい？」

「いいえ。もちろんないわ」わたしは彼を怒らせまいと、急いでぶつぶつ言った。「ただ、あなたはいつになったら年齢《とし》相応になるのかと思って」

真ん丸い顔に、悪意に満ちた表情が広がった。

「あんたがそうなったときだよ、奥さん。まさにあんたが年齢《とし》相応に成長したときさ。それをとくと考えてみるんだな。さてと、あんたはクリス坊ちゃんに紹介してほしいのか、それともほしくないのかい？　いちどしか訊かない。あっちはもういつ来てもおかしくないんだがね。どうする？」

わたしはどうすればよかったのだろう？

解説

若林　踏

優雅にして洒脱《しゃだつ》な冒険好きの紳士。いやはや、本書でますますそんなアルバート・キャンピオンという人物が好きになってしまった。

アルバート・キャンピオンはイギリスのミステリ作家マージェリー・アリンガム（一九〇四―一九六六）が創造したヒーローだ。キャンピオンはつややかな黄色い髪に長身、痩せ細って青白い顔にはいつも馬鹿でかい角縁《つのぶち》眼鏡をかけている、一見頼りなさそうな男だが、その頭脳は鋭く、意外にもエネルギッシュな行動力も備えている。上流階級内での顔は幅広く、時に親族や友人の力をも借りて難題に立ち向かっていく。

と、ここまで読んでいて、なぜ〝名探偵〟と呼ばずに〝ヒーロー〟とあなたは書いたのか、と思われた方もいるだろう。この短編集に限ればたしかにキャンピオンは〝名探偵〟といえるが、他の長編なども視野に入れると実は彼は〝名探偵〟という括《くく》りだけでは表すことのできない、多彩な顔を持ったキャラクターなのである。例えば初期作『甘美なる危険』（一九三三）

では、バルカン半島にある王国の所有権を主張するために必要な王冠と証書を巡って、キャンピオンと悪党が争奪戦を繰り広げる。ここでのキャンピオンは、危険に嬉々として飛び込んでいく伝統的な冒険小説の主人公という役回りだ。かと思えば『殺人者の街角』（一九五八）などの後期の作品ではキャンピオンは脇役へと回り、豊富な犯罪捜査の経験から警察にアドバイスする役へと転じている。また、いくつかの作品を読むと、キャンピオンは上流階級における揉め事を処理するための相談役としても見込まれているようだ。ここもまた黄金期の名探偵役と異なる立ち位置なのだ。

さらにキャンピオンの活躍譚にはメロドラマの要素が多く、キャンピオン自身がロマンスの主役を張る事もある。『甘美なる危険』や『屍衣の流行』（一九三八）などで恋人（のちに妻となる）アマンダとの微笑ましい恋模様を見せるかと思えば、『クロエへの挽歌』（一九三七）では何とキャンピオンは人妻に恋をしてしまい推理に集中できないという状態に陥ってしまう。恋に落ちる探偵というとドロシー・L・セイヤーズの生み出したピーター・ウィムジイ卿を思い出すが、キャンピオンもまた恋愛で一喜一憂する探偵役の一人なのである。

推理、冒険、そしてロマンス。あらゆる英国小説の主人公を想起させるバラエティ豊かな顔を持つヒーロー、それがアルバート・キャンピオンなのだ。

今回、創元推理文庫より刊行される〈キャンピオン氏の事件簿〉は、アルバート・キャンピオンが活躍する短編を発表年代順に並べた日本オリジナル短編集だ。二〇一四年刊の『窓辺の老人』が第一弾で、本書『幻の屋敷』は第二弾であり、一九三八年から第二次世界大戦をまたぎ五〇年代までの作品が収録されている。なお、第三弾も近く刊行される予定だ。

これまで「文学性に富んでいても、トリックや謎解きの面白味は薄い」という評価を受けがちだったアリンガムだが、本書に収められた作品はどれも創意に溢《あふ》れたアイディアを詰め込んだ、短編ミステリの逸品ばかり。アルバート・キャンピオンという愉快な英国紳士が、上品さと軽やかさを備えた豊かな小説世界へと読者を運んでくれる楽しい短編集だ。これまで短編作家としての評価が定まらなかったのが不思議なくらいである。

さあ、前置きはこれくらいにして、そろそろ本書に収録された作品の魅力を語ろう。

「綴《つづ》られた名前」The Case of the Name on the Wrapper
ある晩、路傍の草むらにひっくり返った無人の車を見つけたキャンピオン。地面にはぽってりした金のリングに色とりどりの石が嵌《は》めこまれた指輪が落ちており、それを拾ったことでキャンピオンは奇妙な事件に巻き込まれる。
発端から事件までの意外なつながり、喜劇的なやり取り、幅広い人脈と卓越した推理力で事件を解決するキャンピオン、そしてロマンスの要素と、キャンピオンものの美質がバランス良く組み込まれた作品だ。〈ストランド・マガジン〉一九三八年三月号が初出。日本では『クイーンの定員Ⅱ——傑作短編で読むミステリー史』（光文社、エラリー・クイーン選、各務三郎編、一九八四年刊）に収録された。

「魔法の帽子」The Case of the Hat Trick

恋に悩める青年の頼みを聞いたキャンピオンが、持てば特別な力を発揮する不思議な帽子の謎に挑むお話。キャンピオンは前述のように、上流階級のトラブルバスターとして立ち回るという、他の黄金期の名探偵キャラクターにはない役回りを演じることがあるが、本作はその好例だろう。おとぎ話のような謎が解かれるのも楽しい。〈ストランド・マガジン〉一九三八年一〇月号が初出。『エラリイ・クイーンズ・ミステリ・マガジン』（早川書房）一九五七年五月号に掲載された。

「幻の屋敷」Safe as Houses

アリンガムは謎解きの妙味に乏しい、という意見もあるが、この一編を読めばそれは全くの誤謬《ごびゅう》であると判る。大伯母シャーロットの邸宅に何者かが侵入、何も盗らない代わりにある屋敷の住所が書かれた手紙を残していった。キャンピオンは屋敷の所在を調査するもそんな屋敷はどこにもなかったという、家屋消失の変奏曲というべき魅力的な謎が提示される、謎解きの楽しさが十全に伝わるお話だ。初出は〈ストランド・マガジン〉一九四〇年一月号。「家屋敷にご用心」のタイトルで『自分の同類を愛した男——英国モダニズム短篇集』（風濤社、二〇一四年刊）に邦訳が収録された。

「見えないドア」Unseen Door

『ミニミステリ傑作選』（エラリー・クイーン編、創元推理文庫、一九七五年刊）にも選ばれた、不可能犯罪ものの名作。監視下にある空間へいかにして犯人は気付かれずに入って殺人を犯したのか、という謎をキャンピオンが解き明かす。僅か十頁足らずの短いお話に、切れ味鋭いワンアイディアが光る。〈サンデー・エンパイア・ニュース〉紙一九四五年八月五日号が初出。

「極秘書類」A Matter of Form
盲目の恋に落ち、災厄に巻き込まれた女性をキャンピオンとオーツ警視が救おうと奮闘する話だ。不幸な恋愛からの救出を描く話がシャーロック・ホームズの短編にいくつかあるが、本作はそれを想起させる。「純然たる悪に対抗する術《すべ》はあるのか」という問いが込められた小説でもあり、さらにその問いはマンハントものとして名高い長編『霧の中の虎』（一九五二）で大きくクローズアップされる。〈ストランド・マガジン〉一九四〇年三月号が初出。『ミステリマガジン』二〇〇〇年六月号に既訳あり。

「キャンピオン氏の幸運な一日」Mr.Campion's Lucky Day
「見えないドア」と同じく、短い枚数で綴られた謎解き純度の高い一編。ただし本作は謎解きの出来栄えより、エスプリの効いた締めの言葉の方が印象に残る。落語でいうところの「サゲ」がばっちりと決まったユーモア短編というべきか。〈サンデー・エンパイア・ニュース〉

紙一九四五年十一月十一日号が初出。本邦初訳。

「面子《メンツ》の問題」Face Value

〝いちど見た顔は決して忘れない〟才能があると豪語する資産家の老人が、身近で起こった殺人事件の顚末《てんまつ》を綴る物語だ。キャンピオンもオーツも登場するが、あくまで脇役的な立場。アリンガムはこういう趣向の小説にも挑んでいたのか、と感じさせる、ペーソスの強い作品だ。〈イブニング・スタンダード〉紙一九四九年十二月二〇日号が初出。本邦初訳。

「ママは何でも知っている」Mum Knows Best

後期のアリンガム作品でキャンピオンに代わって主役を張るルーク主席警部が登場、彼のユニークな母親の体験談がユーモラスに語られる。先述の通り、後期作品ではキャンピオンが脇役に回り、活躍する場面がめっきり減ってしまうものの、キャンピン&ルークを中心に個性的な登場人物達が、それこそ枝葉が分かれるように増えていくのがシリーズの魅力の一つになっている。〈イブニング・ニュース〉紙一九五四年三月十二日号が初出。本邦初訳。

「ある朝、絞首台に」One Morning They'll Hang Him

裕福な伯母を射殺した若者の死刑執行直前、知り合いのケニー警部から事件のあらましを聞いたキャンピオンが再調査を行い、意外な新事実を突き止める。トリックの独創性と伏線の張り方が冴えており、本格ミステリとしての完成度は極めて高い。サスペンスに作風が移行したと言われる一九五〇年代にも、アリンガムはこうした優れた謎解き小説を書いていたのだ。本国版〈エラリー・クイーンズ・ミステリ・マガジン〉一九五〇年八月号が初出。『ミステリマガジン』一九七七年十一月号に既訳あり。

「奇人横丁の怪事件」The Curious Affair in Nut Row
「空飛ぶ円盤に乗って火星人がやってきた」と警察署で証言する老人が登場する事件が描かれる。こうしたオフビートな笑いにもアリンガムはチャレンジしたのか、と感心すると同時に、謎解き短編としての隙のなさにも脱帽させられる。本国版〈エラリー・クイーンズ・ミステリ・マガジン〉一九五五年二月号が初出。本邦初訳。

「聖夜の言葉」Word in Season
キャンピオンの愛犬が主役となる不思議なクリスマス・ストーリー。犬好きは必読であるとともに、アリンガム自身がいかにキャンピオンというキャラクターに惚れこんでいたかが良く分かる。〈タトラー〉誌一九五五年十一月十一日号が初出。『甘美なる危険』（新樹社ミステリー）に邦訳が収録された。

「年老いてきた探偵をどうすべきか」What to do with an Aging Detective

アリンガム自身がキャンピオンの世界の一員となって、自ら生んだキャラクターについて語るエッセイである。齢《よわい》を重ねたキャンピオンをどう小説で活躍させれば良いのかという苦悩と、それでもなお捨て切れぬキャンピオンへの愛着がひしひしと伝わってくる文章だ。***The Return of Mr. Campion*** に初めて収録されたものの、初出等は未詳。本邦初訳。

アリンガムの経歴については『窓辺の老人』の戸川安宣氏による解説が、アリンガムの作風と日本での受容の歴史については『霧の中の虎』の新保博久氏による解説が詳しいため、そちらをご覧いただきたい。新保氏の解説にもある通り、日本におけるこれまでのアリンガム評価は芳《かんば》しいものではなかった。しかし豊富なアイディアを生んだアリンガムの才能とアルバート・キャンピオンの優雅なヒーロー像には、今のミステリ読者も病みつきになるはずだ。どうか本短編集でキャンピオン・ファンが一人でも多く増えますように。

検印
廃止

訳者紹介 慶應義塾大学文学部卒。英米文学翻訳家。アリンガム『窓辺の老人』，ブランド『薔薇の輪』『領主館の花嫁たち』，ヘイヤー『紳士と月夜の晒し台』，ヒッチコック『目は嘘をつく』など訳書多数。

幻の屋敷
キャンピオン氏の事件簿Ⅱ

2016年8月19日　初版

著者　マージェリー・アリンガム

訳者　猪《いの》俣《また》美《み》江《え》子《こ》

発行所　（株）東京創元社
代表者　長谷川晋一

162-0814／東京都新宿区新小川町1-5
電話　03・3268・8231-営業部
03・3268・8204-編集部
URL　http://www.tsogen.co.jp
振替　00160-9-1565
フォレスト・本間製本

ISBN978-4-488-21005-2　C0197

名探偵の優雅な推理

The Case Of The Old Man In The Window And Other Stories

窓辺の老人

キャンピオン氏の事件簿 I

マージェリー・アリンガム
猪俣美江子 訳　創元推理文庫

◆

クリスティらと並び、英国四大女流ミステリ作家と称されるアリンガム。

その巨匠が生んだ名探偵キャンピオン氏の魅力を存分に味わえる、粒ぞろいの短編集。

袋小路で起きた不可解な事件の謎を解く名作「ボーダーライン事件」や、20年間毎日７時間半も社交クラブの窓辺にすわり続けているという伝説をもつ老人をめぐる、素っ頓狂な事件を描く表題作、一読忘れがたい余韻を残す掌編「犬の日」等の計７編のほか、著者エッセイを併録。

収録作品＝ボーダーライン事件，窓辺の老人，
懐かしの我が家，怪盗〈疑問符〉，未亡人，行動の意味，
犬の日，我が友、キャンピオン氏